世界大作家儿童文学文库

露着衬衫角的蚂蚁

〔意〕万巴 著 许高鸿 译

人民文学出版社 天天出版社

图书在版编目（CIP）数据

露着衬衫角的蚂蚁 / (意) 万巴著 ; 许高鸿译.
北京 : 天天出版社, 2025. 5. -- (世界大作家儿童文学
文库). -- ISBN 978-7-5016-2524-6

Ⅰ . I546.88

中国国家版本馆 CIP 数据核字第 2025196XP2 号

责任编辑：卢　婧　　　　　　　　　　美术编辑：卢　婧
责任印制：康远超　张　璞

出版发行：天天出版社有限责任公司
地址：北京市东城区东中街 42 号　　　　　邮编：100027
市场部：010-64169902　　　　　传真：010-64169902
网址：http://www.tiantianpublishing.com
邮箱：tiantiancbs@163.com

印刷：北京鑫益晖印刷有限公司　　　经销：全国新华书店等
开本：880×1230　1/32　　　　　印张：7.5
版次：2025 年 5 月北京第 1 版　印次：2025 年 5 月第 1 次印刷
字数：135 千字

书号：978-7-5016-2524-6　　　　　　　定价：35.00 元

目　　录

一、三个不爱学习的孩子

这个故事发生在七月的一个下午，时间大约是两点半。

由于天气很热，大地大概也想休息了，它舒展着身子一动也不动。阿米埃利别墅周围的田野里一片宁静，静得连大家都熟悉的昆虫——不要脸皮的蝉也不敢吭声了。

亲爱的孩子们，原来我准备先给你们描述一下阿米埃利别墅的，可是凭我的经验，你们一听说要描述什么别墅，就会急得双脚直蹦，不愿意听，所以我就简单地说上几句。

这座阿米埃利别墅非常漂亮，白墙绿窗，院子的两头各长着一棵萨拉马纳葡萄（意大利南方产的一种典型的食用葡萄）树。叶子和藤攀在墙上和窗台上，把别墅打扮得更加美丽了。

不过，你们可能也注意到，葡萄树的叶子虽然不少，但是很少看到葡萄，只有离窗台较远的地方还稀稀拉拉地挂着几串。

在植物学中，这种现象毫不奇怪：要是家里有孩子的话，那么靠近窗台的葡萄藤上总是见不到葡萄的……

嘘！别出声，你们看！

别墅的门慢慢打开了，从门里走出了两个男孩和一个女孩，他们一个跟着一个，无精打采地拖着两条腿，慢吞吞地下了门前的石阶。

你们要问了：到野外去，他们为什么还这么不高兴？

亲爱的孩子们，我只要一说，你们就会明白的：他们每个人的手里捧着一本书，是被克劳蒂夫人催着去复习功课的。你们听，克劳蒂夫人正在嚷嚷："孩子们，听话，快复习功课吧！要不然，托马索舅舅回来，一考你们，就糟啦！"

三个孩子耷拉着脑袋不吭声，只是一个跟着一个朝前走。这种情景就像是走在送葬的队伍里似的。在他们看来，手里捧的似乎不是课本，而是插着蜡烛的烛台。

"哑巴"们走进了一片小树林。小树林里长着密集的柏树。他们在一块阴凉的小空地上停下，坐在石凳上。

三个孩子有气无力地打开了各自的书本，打开书本时的表情就像谁会批评他们一样。特别是那个最小的男孩，他愁眉苦脸的表情使我们相信，他挨的批评肯定要比别人多。

被树荫遮盖着的那块小空地，环境优美、宁静、凉爽。显然，这是克劳蒂夫人为孩子们特意挑选的夏天学习的地方。

待了不到五分钟，只见最小的那个男孩把书放到膝盖上，鼓起腮帮子，长长地嘘了一声。这嘘声就跟两个里拉（里拉：意大利货币名称）买来的红皮球泄气时发出的响声一样。

他看到两个同伴还在一本正经地看着书，就说："唉，我可再也看不进去了！"

说完这话，他看到还没有反应，便用胳膊肘碰了一下女孩，说："难道你就不觉得热？"

女孩抬起头来，很恼火地说："基基诺，捣什么乱！你难道没看见人家在学习算术？"

"知道。我是说，这么热的天叫人怎么学得进去？"

最大的男孩子显得有点装腔作势地说话了。不过他说话时也掩饰不住某种苦恼。他说："有什么热的？妈妈说这里凉快，看得进书！"

最小的男孩想了一下，说了句老实话："是啊……当一个人不想学习的时候，凉快有什么用？"

大家都觉得这句话有道理。基基诺的大实话使两个同伴的脸色也变得轻松起来了。

很明显，如果要在他们三人中挑一个最不爱学习的，那是挑不出来的。他们是半斤对八两。

他们一边嘟囔着，一边把可怜的书本摔在石凳上。

"远离中世纪历史！"

"打倒算术题！"

"让拉丁文语法一边去吧！"

最大的男孩名叫马乌里齐奥。他笔直地站到了弟弟基基诺和妹妹焦基娅的面前，用哥哥的口气说："这都是由于你们考试不及格！……"

但是，焦基娅立刻纠正了哥哥的话。她准确地说："应该这么说，因为我们大家……"

基基诺是一个很实在的孩子，他先是大笑，然后说："我们当中没有一个考试及格的，对于这一点，谁也没什么可说的。事情坏在我们现在必须准备补考……"

马乌里齐奥自认为很有口才，要是这样发展下去的话，有可能成为一名律师。他认为已经到了把问题提高一步来认识的时候了，于是开始了讲演："你们知道，我不通过考试……"

可是，基基诺马上打断了他的话："唉，我亲爱的哥哥，你应该这么说，是考试没让你通过！"

"别插嘴！让我把话说下去！"马乌里齐奥瞪了基基诺一眼，继续说，"你要是再打断我的话，我可要叫你小白旗了！"

马乌里齐奥这么一吓唬，基基诺蓦地站了起来，赶紧把手伸到了屁股后面。

应该说明一下这是怎么回事。基基诺是个调皮的孩子，新裤子只要一上身准磨破，所以，在乡下，妈妈用旧裤子给基基诺改了一条短裤。倒霉的是，这条短裤是条开裆裤，而且衬衫后襟老是从开裆的地方露出个角，看上去就像屁股后头挂了一面小白旗。这面"小白旗"使基基诺很生气，特别是当别的孩子拿它来取笑时，他就更生气了。

基基诺把"小白旗"塞回裤裆里，重新坐下，听马乌里齐奥的"哲学报告"。

马乌里齐奥接着说："我没通过考试实在是冤枉，不信，你们就试试看。如果你一字一句地复习课本，就只剩下最后一页没看的话，那么，老师出的考题准在那唯一没复习的一页书上。"焦基娅说："这倒是真的。"

基基诺补充说："要是猜到老师只考最后一页书的话，我只要复习最后一页，就等于复习了整整一本书！"

"学习！学习！"马乌里齐奥跺着脚说，"学习，可以，但一个人应该是想学什么就学什么。所以，我要问，难道我们男孩子就应该这样受折磨吗？"

"那么女孩子呢？"焦基娅天真地问。

"动物要比我们幸福一千倍，因为它们从早到晚什么事也不用干。你们可以看看自己周围，什么狗呀、猫呀、鸟呀、苍蝇呀！所有的动物都活得很快活，也不用学习中世纪历史……"

"也不用做算术题。"

"也不用学习拉丁文语法。"

这个说法倒是很站得住脚，很有说服力的。三个孩子朝周围看了看，又看见了扔在石凳上的三本书，心里都有说不出的恶心。他们感到心灵深处有着一种强烈的愿望：宁可变成其他什么动物，也不愿做被一个考试接着一个考试压得喘不过气来的学生。

有点爱虚荣的焦基娅马上用愉快的口吻说："嗨！与其在这儿复习算术题，还不如让我变成一只漂亮的小蝴蝶！这样，我就可以整天无忧无虑地飞翔了。"

"我呀，宁愿变成一只蟋蟀！"马乌里齐奥说着又坐回石凳上。

基基诺说："让我学习拉丁文语法，还不如叫我变成一只蚂蚁。"

"变成一只蚂蚁？"马乌里齐奥和焦基娅听后都有点意外。

"是的。"基基诺肯定地说，"变成一只总是排队游行的蚂蚁，从早到晚除了游游逛逛，什么事都不用干。"

他们刚说到这儿，忽然从背后传来了一种奇怪的、瓮声瓮气的问话声："真的吗？"

三个孩子睁大眼睛，转过身来。

他们看到身后不知从什么地方钻出了一位样子非常古怪的老人。这位老人没长胡子，红红的鼻子，鼻尖上架着一副眼镜。老人的鼻子很高，脖子上围着一条黑围巾，身

上穿着一件宽大的、淡绿色的长外套。长外套长得几乎拖到了脚跟。

老人朝他们微笑着，嵌在淡红的、毛茸茸的眼皮里的眼珠子，在眼镜片后面闪着光，就像是黑夜里的两道光一样。

在端详了三个孩子好一阵以后，老人从长外套里掏出了一个盒子，慢慢地把它打开，抓起一把什么塞进了自己巨大的鼻孔里。他连打了两个喷嚏后，用和善的语调说："就这样吧！"

说完，他慢慢地离开了孩子们，走到树林中，消失了。

二、基基诺变成了一只蚁卵

古怪的老人刚说完最后那句话，基基诺突然就跟着了魔似的。他使劲地挣扎，却不能从这种魔力中挣脱出来。

他觉得自己好像是被粘在了石凳上。

他想看看马乌里齐奥和焦基娅，可是脑袋动不了。他又试图转动眼珠子看，但觉得看东西非常吃力，视力变得很差，刚刚能够模模糊糊地瞥见哥哥和姐姐的影子。他觉得他们变得小多了，而且形状很古怪，几乎变成了椭圆形的了。

这时，基基诺自己有着一种非常奇怪的感觉，他觉得自己也已经变小了许多，而且还在越变越小、越变越圆。

他想伸伸胳膊动动腿，他想大喊大叫、想咬人、想哭，想从这种神秘的力量中挣扎出来。这种神秘的力量使他变得只有那么一丁点儿，要是再变下去的话，简直会把他变没了。他感到全身都被捆绑着，一点也动弹不得。他发现自己正慢慢地变成一种像卵一样的东西。

在某一时刻，也不知道为什么，他突然想起了屁股后面的那面"小白旗"。他感觉到那一小撮衬衫角还露在卵外边，就跟平时老露在裤裆外面一样。

于是，基基诺使劲把手伸向屁股后面，想把它塞回裤裆里。但是，怎么可能呢？……

基基诺终于被缩到了最小的限度，他感到自己的视力渐渐地模糊了。

突然，他看到自己身边有两个影子在闪动，这两个黑影给他的印象是两个可怕的屎壳郎。

事实也正是这样。不一会儿，他就觉得自己被抬了起来。他竭尽全力喊道："你们至少也应该把小白旗给我塞回裤裆里去！"

就这么一声大喊，他耗尽了全身最后的一点力气，完全失去了任何一点记忆和知觉。

三、基基诺的喜悦和苦恼

基基诺在这种朦胧的状态中待了多长时间呢？他自己也说不上。不过，时间肯定不长。

当他完全恢复知觉后，有着一种非常奇怪的感觉。

他觉得似乎是谁错用了一小张画画的草稿纸把自己包了起来，然后又在外面用线缠上，缠得跟个线团一样，使得他无法从里面出来。

不过幸运的是，现在有谁正在外面小心翼翼地拆着线，帮他从线团中挣脱出来。

终于，他从线团中伸出了脑袋，接着又伸出了胳膊。

"使劲！朝上！"一个声音突然对他说。

他一使劲，整个身子就从线团中挣脱出来了。接着，他又感觉到身子的每个部分都被别人抚摸着，而且觉得有谁正在用舌头舔着自己的身体。

基基诺惊叫着："你们这是在干什么？"

"帮你稍微清洗一下。"

"怎么？用舌头来清洗？难道我们都变成猫了？我想知道我现在是什么样子。你们是谁？我们这是在哪儿？"

那个声音回答他说："不要着急，不要着急。你现在有许多好奇的问题想得到回答。不过，你刚从茧里出来，脑子还没发育好，你还不能有条理地问问题，所以有些事跟你说不清。你得耐心地等一等，到时候我会给你解释的。"

听了这番和蔼而诚恳的话，基基诺把一连串到了嘴边的问题又咽回了肚子里，他没吱声。

不过，就在这段沉默的时间里，基基诺的智力逐渐恢复了，思维也有了头绪。他大致明白了自己现在的情况（因为身体奇妙的变化并没有使他的记忆丧失），也能清楚地回忆起过去经历的事。

毫无疑问，他首先觉得自己要么是个瞎子，要么就是待在了一个黑暗的地方。

还有，尽管他什么也看不见，却能感觉到自己变成了什么、现在在哪儿。

天生的瞎子，虽然眼睛看不见东西，但其他感官却特别灵敏。不过，那种灵敏的程度也比不上原来的基基诺。

譬如，他不用去触摸墙壁，就知道自己是待在地下的一间房间里。根本不用眼睛看，就知道自己的周围有许多动物在忙碌地干着活。

他有着一些新的感官，而且某个感官能使他十分清楚地明白眼前事物的性质和状态，却根本不用眼睛去看。

这样，他立刻就回答了自己最后一个要问的问题：他是一只蚂蚁，在他面前的是另外一只蚂蚁，两只蚂蚁都在蚁穴中。

这就是现实的情况。

关于过去，他不清楚是怎么回事，尽管对自己究竟是怎么变成现在这个模样，还有一个模模糊糊的印象。他还记得那位戴眼镜、穿淡绿色长外套的古怪老人的样子，并且想起了正是在那个时候自己对他说过的一句话，"让我学习拉丁文语法，还不如叫我变成一只蚂蚁"。

想到这儿，自然又来了两个问题：马乌里齐奥怎么样了？焦基娅呢？

"嗨！……说不定当我进蚁穴时，他们早就变成蟋蟀和蝴蝶了！"

那么妈妈呢？可怜的妈妈！家里只剩下她孤独的一个人了。

想到妈妈，基基诺非常难过，过了好一阵子，心情才慢慢地平静下来。

事情果真是这样：他，没有一丝一毫学习的愿望，变成了自己希望变成的蚂蚁，这已是不可挽回的了，这就叫自作自受。

不过，基基诺又觉得有些安慰，他自言自语地说："我，现在是一只蚂蚁，我挺好，我感到我还是基基诺，要不然蚂蚁的头脑是不会记得所有这些事的。既然我比这些小昆虫强，那么我就可以随心所欲地做些我想做的事了。"

这时，站在他面前的蚂蚁说话了。

"你一定饿了。"

"是啊。"基基诺回答，实际上他是想吃东西了。

"拿着。"蚂蚁把一小块甜味十足的东西递给他。

"这是什么？"

"是瘿虫汁。"

"我不知道瘿虫是什么，不过味道倒真好。"基基诺舔着嘴唇说。

正当基基诺津津有味地吃着瘿虫汁时，他又有了新的发现。他觉得自己的嘴长得古怪极了：这张嘴上下有两个又大又硬的颚，颚的边是齿形的，跟钳子一样。但是，吃东西时却不用颚，而是用长在上颚下面的唇，这唇上显然有味觉，基基诺是用唇来舔香甜的瘿虫汁的。

"请原谅我的好奇，"基基诺对站在他面前的蚂蚁说，"既然我们蚂蚁只用唇来舔软和流质的食物，那么嘴上长的这把钳子用来咀嚼什么呢？"

"不，它们不是用来咀嚼食物的。"

"不是？那它们是干什么用的？"

"这副钳状的上下颚是我们的武器和劳动的工具。"

"是用来防身和劳动的？"

"一点不错，你将来会体会到它们的用处。"

基基诺把这把钳子误认为仅仅是用来吃东西的了。

蚂蚁亲切地挨近他，又开始舔他的身体。

"咯、咯咯……"基基诺突然忍不住笑起来，他说，"你舔得我怪痒痒的。"

善良的蚂蚁也笑了，说："当然会痒的。我舔的是你身上最敏感的地方，舔到你的触角了。"

"舔到触角了？怎么，我变成长角的牲口了吗？"基基诺说。

"触角就长在你的头顶上，你感觉到了吗？"

基基诺摇摇头，有点得意地说："在我家里，这东西叫角。"

"你愿意怎么叫都行，不过，它们根本不是角一类的东西，因为它们是非常敏感的。你感到痒痒，这说明它们是身体中最敏感的器官。要是我们蚂蚁没有触角就坏事了！这触角是用来识别走过的路和避开障碍物的。"

"什么，有这么多用处？"

"还不止这些用处。我们触角的顶端还长着嗅觉器官。"

"真有意思！"基基诺说，"我真想不到鼻子竟会长到角顶上！"

"还有，触角也用来听声音。"

听到这话，基基诺一想到自己的耳朵长得这么长，显得有点不好意思起来。

蚂蚁继续说："假如没有这对触角，我们把最需要的嗅觉、听觉器官放到哪儿去呢？我们又怎么能够在这个黑暗的地方生活呢？"

这时，基基诺完全明白了：为什么他看不见东西，却能用敏感的嗅觉和听觉判断出自己待在什么地方。

"只有一件事使我感到遗憾。"基基诺忧虑地说。

"什么事使你感到遗憾？"

"就是没有眼睛。"

听基基诺这么一说，蚂蚁哈哈大笑起来。她慈爱地抚摸着基基诺。

这时，基基诺才想起还没有向对自己这么好的蚂蚁说过一句感谢的话呢！他有点不好意思地说："对不起，亲爱的夫人，您叫什么名字？"

"我叫夫世卡。"

"亲爱的夫世卡夫人，请您原谅我还没有想到对您说一声谢谢。您对我讲了那么多稀奇的事，这些事我过去从来没听说过。"

"瞧你说的，这是我的责任。"

"您的责任？"

"是的。你也应该把我对你讲的这些，讲给出生在你之后的蚂蚁听。"

"是啊，要是没有您这么热心的解释，我就不会明白……"

"这些事是有些复杂，不过，等你上了课后就会明白的。"

听到夫世卡这么一说，长着六条腿的基基诺吓得直朝后退。当时，他还巴不得有十二条腿呢！那样可以让退的步子更大些。

什么！他正是为了逃避上课才自愿变成蚂蚁的，难道变成蚂蚁还得上课？

这简直太不像话了。

基基诺用颤抖的声音说："对不起，夫世卡，可能是我没听清楚你的话，刚才你说什么来着？"

"我是说明天你还得上课，课堂上要讲许多作为一只蚂蚁应该懂得的生活知识。"

基基诺听完这番话后心都凉了。

上课！解释！问题！知识！……是的，还有知识！

"对不起，我有点不明白，难道蚂蚁也要上拉丁文语法课吗？真扫兴！"基基诺满怀愤怒地说。

夫世卡听不懂他在说什么。她走到离基基诺不远的一群蚂蚁那边，同她们说话去了。

基基诺难受得仿佛喉咙里被堵上了什么东西一样，他伤心地哭了起来。

可是，他马上又想，哭也没用，因为自己没长眼睛。

于是，他又钻回空茧里，用两条前腿拼命地敲打着空茧，以发泄心中的悲愤。

四、一个蚂蚁妈妈

过了一会儿，夫世卡回到了基基诺的身边，对他说："下来，跟我来。"

基基诺从空茧里下来后，他第一次发现自己用两条后腿也能站起来。

可能因为他过去是个孩子，所以，除了智力发达、有记忆力，身上还有着一些人的本领，这使得基基诺在许多烦恼中得到了一些安慰。

他跟着夫世卡穿过几条走廊。走着走着，基基诺突然兴奋地尖叫起来。

他不是瞎子，不是的！他有眼睛，能看见东西……能看见！

他跟着蚂蚁来到一间宽敞的大厅里，大厅的上方有一缕微弱的光透下来。基基诺想，这间大厅一定是蚂蚁家里的客厅。

不过，让基基诺更惊奇的，不是他能够看见东西，而是他看东西的方式。

他的视力是一种新的视力，这种视力的视面非常宽，基基诺发现自己不用转动脑袋就可以看见自己前面的东西、两边的东西、头顶上方的东西。

他待在一个洞里，这洞由几根柱子支撑着，洞里很干净也很整齐，洞壁非常光滑。他看见自己的周围有不少蚂蚁正在忙碌地干着活；有一只蚂蚁正在和蔼地望着自己。这只蚂蚁好像早就预料到了基基诺的惊喜，正朝着他微笑。

基基诺同时看到了这一切。

"你发现什么了？"蚂蚁问他，"而且老是在笑。"

"我有眼睛！"基基诺说，"我太高兴了。不过，我想问问你，为什么我不用转动眼珠，也不需要扭头，却能同时看到上下左右和面前的东西？"

夫世卡回答："首先，你应该明白，你的眼珠是不能转动的。"

基基诺试了一下，果真如此。

夫世卡继续说："因此，蚂蚁必须要有视角很宽的眼睛。大自然有先见之明，它给了所有的昆虫以适当的器官，使之能够生存，它也给了我们蚂蚁一副组合式的眼睛。"

"你说什么？"

"我是说，我们头上长着的眼睛，是由许多六面体的凸镜组成的，这些凸镜是些透视镜，也就是说是许多小而完整的眼睛，能够看到四面八方的东西。"

基基诺走近跟他说话的蚂蚁，怀着好奇的心情望着她脑袋上的眼睛。他看到它们确实是许多凸镜。

"天啊！……这么多眼睛！"基基诺惊叹着。

"我们的眼睛还不算多，组成我们眼睛的凸镜还不到一百面。"

"一百面你还嫌少？"基基诺说。

"比起其他昆虫，特别是比起空中飞的那些昆虫，这个数目算不了什么。举例来说吧，苍蝇的眼睛就是由四千面六边形的凸镜组成的。"

"四千面？"

"蜻蜓更多，有一万两千多面。"

听到蜻蜓有这么多眼睛，基基诺吓了一大跳。可是夫世卡却说得更离奇了："花蚤的眼睛由两万五千多个小眼睛组成。你看，还有什么可说的！"

基基诺说："我说，要是花蚤们不幸需要配眼镜的话，世界上所有的眼镜全给它们配上，恐怕还不够呢！"

不过，他马上想到蚂蚁是不会理解这句她听不懂的话的，于是就自己打岔说："噢，对不起，我有多少只眼睛？"

"等一下，我来算算……好了，你每只眼睛由六十面小透视镜组成。"

"这就是说，我有一百二十个小眼睛啰？"

"是的，如果不算你头顶上长的普通的眼睛的话。"

"什么？我还有其他眼睛？也就是说，我还不止有一百二十只眼睛？"

"是啊。你这副组合式眼睛是用来看周围东西的，但是它们分辨不清近处的东西。所以，我们还长着普通的眼睛。你正是用普通的眼睛才看清楚我的。"

基基诺又望了一下夫世卡的头顶，他看到在她的头顶上长着三只光滑的、像珍珠一样闪光的普通眼睛。

"让我算一下，我有一百二十三只眼睛。"基基诺说。

"说对了。"

"对不起，现在我需要五分钟的时间来消化一下这些东西。"

基基诺自言自语地说："一百二十三只眼睛！如果我还能变成孩子的话，我就可以用一百二十三只眼睛学习，那就省劲多了……唉，只要想起学习，我就感到身体直打哆嗦。"

突然，大厅里传来了喊叫声："注意！注意！横过来！"

基基诺看到一只长着翅膀的蚂蚁走进了宽敞的大厅。这只蚂蚁看上去走路有点不方便，她的后头跟着五六只没长翅膀的蚂蚁。一眼望去，好像她是后边蚂蚁推进来的。

走近她们，基基诺才清楚地看到，那只长着翅膀的蚂蚁一边走，一边在身后留下一些椭圆的小球；他还看到跟在这只蚂蚁后面的蚂蚁把这些小球捡起来，放进了嘴里。

"你看见什么啦？"夫世卡看到基基诺简直都愣住了，

就问他。

"噢，说实话，看到这种情景，我心里觉得不是滋味。"

"你之所以这么说，是因为不了解这究竟是怎么回事。这只长着翅膀的蚂蚁是一只雌蚁，她是回她的蚁穴里来产卵的。"

"那么后面的蚂蚁在干什么呢？"

"她们捡着卵，用舌头润湿这些卵，促使它们快发育，并把它们搬到指定的地方去。"

"我当初也是待在这样的卵里的吗？"基基诺回想起自己逐渐缩小时的可怕情景。

"当然。你的卵是被我们在蚁穴外发现的，是由两只蚂蚁把你搬到这里来的。"

"我也是被两只蚂蚁用嘴衔回来的！"基基诺想。

夫世卡又接着说："为了使你明白当初的情景，你跟我来。"

夫世卡把基基诺领到了房间的一头。那儿堆着成百个蚁卵。这些卵就像是些灰白色的缩小的麦粒。

"像所有的昆虫那样，我们也毫不例外地要经过四个阶段。"

"什么？"

"你看，我们经历的第一个阶段是卵。卵几天后就长大了，两头变弯，也变得更透明了，以后就变成了拉尔瓦，也就是幼虫。"

基基诺嘴里叨咕着"拉尔瓦"这三个字，忽然，他想起来了，说："这三个字拉丁语中也有！"

这三个字他倒记得很清楚，"拉尔瓦"在拉丁语中是假面具的意思。

接着，他高声地说："嗨！看来蚂蚁的狂欢节^①是在七月份！"

---

① 狂欢节：欧洲民间的一个节日，在守斋期之前。狂欢节的活动有跳舞、唱歌、戴着假面具狂欢。

五、基基诺变成一只蚂蚁

夫世卡没留意基基诺说些什么，把他领到了大厅的另一头，那儿放着一长串的"东西"（这时，基基诺找不出更确切的名称来叫它们）。初看起来，这些"东西"像是许多蒙上了假面具的蚂蚁一样。

这些样子很古怪的"东西"，被整齐地排成长短差不多的几行，就像坐在学校课堂的座位上一样。基基诺仔细地看着这些小虫子，看到它们的脑袋很小很小，没长眼睛也没长腿。

基基诺笑得前俯后仰的。

他竖起触角大声对它们说："喂，小假面鬼，严肃一点！你们知道我头上有几根触角吗？"

但是，他马上就发现周围有几只蚂蚁在不满地望着自己。

"别嚷！"陪他参观的夫世卡厉声地说，"你就没有想想，你自己也曾经是这个样子？！"

"我曾经也是这个丑样子？"

"当然。你也是靠我们不断地照顾才变成现在这个模样的。"

基基诺看到那些对自己露出不满神色的蚂蚁正在幼虫的身边精心地照料着它们，正给它们喂食物。那些蚂蚁像是一些慈爱的保姆。

"幼虫阶段需要多少时间？"基基诺认真地问。

"不一定，有一个月的，也有九个月的。"

"九个月？那我的那个阶段经过了多少时间？"

"你的时间短，才二十来天就脱离了幼虫阶段，变成了蛹。"

"变成了一只蛹？"

"是的。当幼虫成熟后，就进入了第三个阶段，也就是蛹的阶段。来，你看！"

夫世卡说着，把他带到一根柱子后边，那儿排着几排样子可笑的蛹。基基诺使了很大的劲才没有像刚才那样笑出声来。

"这些叫蛹？"基基诺说。

这些蛹身体是软的，呈灰白色，腿和触角都无力地垂着，像是浸在油里一样。

"那么，我当时也是这样？"

"是的。像它们一样，你也停止了吃东西，尽管不是所有的蛹都这样。你被封在一只茧里，一直到第四个阶段，也就是像它们现在这样的成虫阶段。你拼命在封闭的茧里挣扎，是我帮你从茧里出来的。"

基基诺睁大眼睛望着夫世卡，说："你说什么？我一直以为蚂蚁一生出来就是我们现在这个样子的。"

"所有的昆虫都得经过变态阶段。在生活中，你将会看到比这更稀奇的事。"

"那么，我也经历了卵、幼虫、蛹的阶段，然后又被封闭在茧里……"

"是啊，可是人们一般都错误地把茧叫成蚁卵。"

"不过，我怎么对这些就没有一点印象呢？"

"瞧你说的！那时候你的智力还没有形成，就跟你的身体还没有发育好一样。"

这个理由使基基诺信服了。接着，他心想：其实，人类也是这样，婴儿时期需要大人来喂食，到了成年，嘴上就长出了胡子。人的生理和智力也是经历了一系列的变化的。

突然，一件新奇的事打断了基基诺的思路。

他看到那只长着翅膀、下完卵的蚂蚁，正在大厅的一个角落里呻吟。看上去，她似乎在进行着一件艰难而痛苦的劳动。基基诺看到这只蚂蚁正在用腿在自己的身上乱扯，并不时地发出"哎哟！哎哟"的哀鸣。

不一会儿，基基诺看见她捉住了自己的翅膀，使劲地扯，终于把翅膀给扯了下来，扔在了一边。

当她扯下翅膀时，舒了口气说："这下好了。"而大厅里其他蚂蚁则异口同声地说："真棒！"

基基诺连忙问陪着自己的夫世卡："这是怎么回事？"他在问这个问题时，脑子里同时出现了一百二十三个问号，因为他的一双复眼和三只普通的眼睛都同时看到了这一情景。

"我马上就给你解释。"夫世卡说，"我曾经告诉过你，那只蚂蚁是只雌蚁，她没有像许多雌蚁那样飞到空中去找丈夫，而是在我们的监视下，在蚁穴的附近找到了一个，因为这样她就能回到自己家里。这只雌蚁是只聪明的蚂蚁，她扯掉了翅膀就可以不飞走了，她愿意留在我们这里继续下卵，为增加我们的家庭成员出力。"

"等一等，等一等，"基基诺越听越糊涂，他问，"大部分的雌蚁都到空中去找丈夫？请原谅，我不懂这是为什么。"

"就是这样的。"

"请你说说看，我们并没有翅膀，雌蚁在空中怎么找我们呢？"

"这跟我们有什么关系？雌蚁和雄蚁一样也有翅膀。"

基基诺更糊涂了。

"请原谅，让我打断一下。你说雌蚁有翅膀，这我明白；雄蚁有翅膀，这我也明白。你能不能告诉我，我们没翅膀的蚂蚁算什么呢？"

"这个问题太容易回答了。我们既不是雌蚁，也不是雄蚁。"

"那么我们是什么？"

"我们是中性的蚂蚁。"

听了这话，要不是基基诺的肤色是黑色的话，脸色定会变得煞白。

他还一直以为自己是只雄蚂蚁呢！

对于想变成蚂蚁的基基诺来说，要是变成一只雌蚁还说得过去，但结果既没变成雌蚁，也没变成雄蚁，却变成了一只什么也不是的、不能传宗接代的中性蚂蚁，这使他恼火极了。

"中性的！我就跟那些讨厌的、既无褒义也无贬意的中性单词一样，将来也别找对象了！"

在一阵绝望的冲动下，他朝着夫世卡吼了起来。可是夫世卡好像知道他要发一顿脾气似的，正等着他吼呢！

"你明白吗？我不愿意变成一只中性的蚂蚁！我是个男的，我要变成一只雄蚂蚁！那个穿淡绿色长外套的先生没有权力想把我变成什么就是什么！按理说，要是他还有一点教养的话，就应该在把我变成中性蚂蚁前先征求一下我的意见！反正一句话，我要变成雄蚂蚁，我要翅膀……就是把那个下卵的蚂蚁扯下的翅膀给我装上也行！"

陪着基基诺的蚂蚁慈祥地微笑着，她说："你有气是很自然的，因为你在嫉妒那些表面上看来比你幸福的蚂蚁。但是，你要相信，如果你能经常仔细地研究一下那些成为你嫉妒对象的蚂蚁的话，将会永远感谢大自然把你安排成现在这个模样。"

不过，对于基基诺来说，最沉重的打击还不是变成中性蚂蚁。

正好在这个时候，基基诺听说快上课了，他觉得喉咙口像被什么东西堵住一样难受，他用两条前腿捂着脸，突

然哭了起来。

有趣的是，基基诺同时想到，自己一哭，就得有一百二十三只眼睛都掉眼泪，这样太累了。于是，他止住哭自言自语道："要是我这么多眼睛都流泪的话，那么全世界就要发大水了！"

六、一条巨大的"蛇"

好心的夫世卡突然对他说："你不是想成为一只雄蚂蚁吗？那么，你跟我来。"

她挽起基基诺的胳膊，或者说得更确切些，挽起基基诺的腿，朝蚁穴的大门走去。这大门就是照亮大厅的那个洞。

刚出洞口，基基诺就惊奇地看见三只长着翅膀、脑袋比别的蚂蚁更小的蚂蚁正在地上打滚挣扎。他们飞起来又摔下，不时地在地上翻着跟头。

基基诺走近这些不幸的蚂蚁，问他们："你们是肚子疼吗？"

"咕……咕……啊、啊……是、是……"其中一只蚂蚁结结巴巴地回答。

"到底是还是不是？"基基诺很瞧不起他们，说，"我没见过比他们更蠢的了。"

"你看，这就是我们的雄蚁。"

"真的吗？"

"正如你看见的，他们智力很低，也没什么力气。"

"真是！说什么也说不清，但又不肯安静些。"

"他们的任务完成了。他们在空中同雌蚁交尾，然后就一次又一次地摔到地上。过一会儿，他们就要死去了。"

实际上，两只雄蚁已经死了。他们腿朝天地躺在地上，身体也干枯了，另一只雄蚁还在地上继续翻着跟头，嘴巴里不断地重复着："是、是……咕、咕……"

"你不是要变成一只雄蚁吗？"陪着基基诺的蚂蚁说。

"变成这种蠢东西，我才不干呢！"

"还有，他们只能活上短短的几天，而我们却可以活一年、两年……要是不出什么意外的话，甚至可以活九年！"

基基诺沉思了一下，说："说句心里话，我宁愿成为雌蚁也不愿变成雄蚁了。"

"你也不要嘴硬。在空中寻找配偶的雌蚁也会遇到许多危险，不是活活地被鸟吃掉，就是再也找不到家了。"

"你是说她们将到其他蚁穴中去？"

"不，因为没有任何一个蚁穴肯接纳外来的蚂蚁。"

基基诺用孩子的思维逻辑推理说："没有雌蚁，蚁穴里就不会有卵；没有蚁卵就不会有幼虫；没有幼虫就不会有蛹；没有蛹就不会有蚂蚁。这样，蚁穴里就不会有新蚂蚁了。"

"要是我们中性蚂蚁没有头脑的话，蚁穴就会像你说的那样。但是，我们是很聪明的，我们总是留心不让雌蚁飞走。正如你刚才看到的那样，到时候我们就把雌蚁带回蚁穴下卵。"

"那么雌蚁、雄蚁是从哪儿生出来的？"

"跟别的蚂蚁一样，也是从卵里孵化出来的。"

"那我呢？"

"你的卵是我们在一张石凳上找到的。我们认出来是属于我们家庭的卵。"

说到这里，蚂蚁停顿了一下，继续说："总之，你已经看清楚了，对于我们蚂蚁来说，作为雄蚁，就意味着要在空中飞，然后跌到地上，糊里糊涂地死去。作为雌蚁，也要面临两种选择，要么展翅飞走，而飞走的下场肯定不会好到哪儿去的；要么不飞走，让我们捉回蚁穴中并把翅膀扯掉。你已经看到了，雄蚁没有多大用处，而我们中性蚂蚁虽然没有翅膀，却是家里的主人。由于我们辛勤地劳动，人们才把'工蚁'这个光荣的称呼授予我们。"

说到劳动，基基诺也是头疼的，但是他不得不承认夫世卡的话有道理。他说："是啊，我得承认，埋怨自己是只工蚁是完全错了。"

"那么就学吧。当一只蚂蚁靠自己的劳动生活，是没有理由去嫉妒别人的。要记住，表面现象往往会迷惑人，长着翅膀也不能永远不摔死在地上。"夫世卡说。

基基诺默默地把这段话翻成了谚语："发光的东西不一

定都是金子。"

这时，从蚁穴中出来一群刚出生不久的小蚂蚁，他们是由成年的蚂蚁带出洞来呼吸新鲜空气的。

基基诺走近一只同自己年龄相仿的蚂蚁，很有兴趣地望着他。他正要同这只蚂蚁说些什么，忽听不远的地方传来了喊声："姐妹们，快来帮忙呀！"

喊帮忙的是只看上去十分壮实的蚂蚁。她走近说："有个庞然大物必须拖回来，可是我们只有十三只蚂蚁，拖不动它。"

基基诺的保姆夫世卡立刻对周围的大蚂蚁们说："走，我们把学生也带去帮帮忙，身教胜于言教！"

这天天气很好，阳光灿烂。基基诺觉得到外面去遛遛不是什么坏事，再说，他是喜欢看别人劳动的。在没变成蚂蚁前，他经常跟哥哥马乌里齐奥说："你看着，我将来要是成了大人物，我就叫别人干活……自己只在旁边看着。"

蚂蚁们顺着坑坑洼洼的路走着，那只回来求援的蚂蚁在前面带路。她一边走一边自言自语地说："不会错吧，不过要是走这条路的话，就是一千只蚂蚁恐怕也难以把那家伙搬回蚁穴的。"

走着走着，她停了下来，回头跟走在她后面的蚂蚁们说："就在那儿，就在那座小山坡后面。"

爬过小山坡，基基诺举起了两条前腿，做出了大吃一惊的姿势。

　　他看到的是一条巨大的"蛇"。这个庞然大物的皮肤是粉红色的，十几只蚂蚁正在使劲地拖住它，她们好像一点都不害怕这条巨大而吓人的怪物。

七、基基诺不如一只蚂蚁

"蛇"特别长。必须说明一下，这条"蛇"一半在洞外，另一半在洞里，而且还在拼命地朝洞里缩。

可是蚂蚁们却紧紧地把它拖住，不让它缩回洞里去。不仅如此，这些勇敢的蚂蚁甚至还在设法把"蛇"缩在洞里的部分也拖出来，这在基基诺看来似乎是不可能的事。

基基诺对他的保姆说："这是在蛮干，你没见这条'蛇'大得出奇吗？要是它张开嘴巴的话，我的天哪，一口就会吃掉一百只蚂蚁的！"

基基诺的保姆却很自信，她说："首先你应该明白，我们蚂蚁是无所畏惧的；另外，你再想想我对你说过的话，永远不要被假象和外表所迷惑。这条'蛇'，仅仅是一条环节动物，没有什么了不起的。"

基基诺走近这个怪物，仔细一看，就大声地说："嗨！说了那么多拐弯抹角的话，你告诉我它是条蚯蚓不就得了！"

"不，对我们蚂蚁来讲，懂得根据身躯和习性来区分它们属于哪一类动物，是非常重要的。"

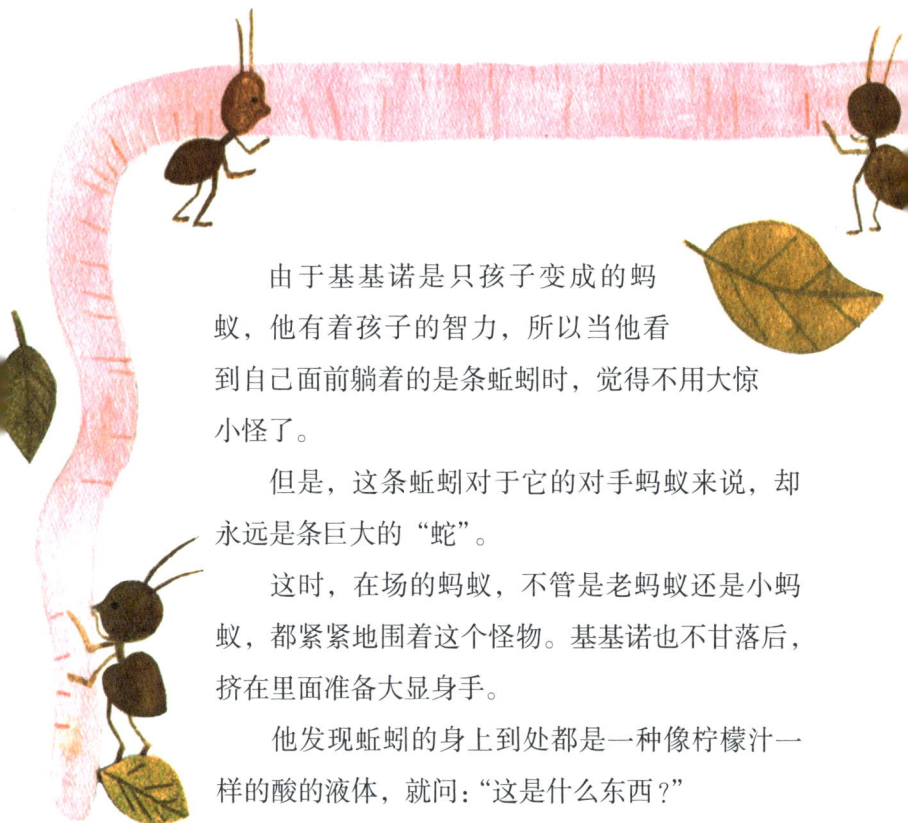

由于基基诺是只孩子变成的蚂蚁，他有着孩子的智力，所以当他看到自己面前躺着的是条蚯蚓时，觉得不用大惊小怪了。

但是，这条蚯蚓对于它的对手蚂蚁来说，却永远是条巨大的"蛇"。

这时，在场的蚂蚁，不管是老蚂蚁还是小蚂蚁，都紧紧地围着这个怪物。基基诺也不甘落后，挤在里面准备大显身手。

他发现蚯蚓的身上到处都是一种像柠檬汁一样的酸的液体，就问："这是什么东西？"

夫世卡回答："这是我们的毒液，它是用来对付敌人的。"

实际上，这种毒液叫蚁酸，它是从蚂蚁的下腹部射出来的。

过了一会儿，基基诺看到蚯蚓不动了，于是就想出了个主意。他说："为什么不用我们的钳子把它咬断？"

"如果把它咬断的话，那才是十足的傻瓜呢！

把环节动物咬断是弄不死它们的。这位'先生'是很愿意贡献一段自己的躯体来挽救它藏在洞里的另一段的。"

在这样有力的解释面前，自以为比蚂蚁聪明的基基诺只好认输了。

体格健壮的工蚁们继续拖住蚯蚓，虽然她们英勇地奋战，可"蛇"还是纹丝没动。

为什么呢？

基基诺注意到蚯蚓的腹部有许多纤细的毛，这些纤细的毛能使蚯蚓紧紧地贴在地面上，所以，即使蚂蚁们用再大的力气，也很难把它从洞里拖出一毫米。

大家都很失望。

突然，一只蚂蚁爬到蚯蚓的身上，对那些使劲拖住蚯蚓不让它缩回洞里去的同伴大声地说："有主意了！"

"说呀!"大家齐声说。

"这个蠢家伙不是不肯离开地面吗?好,我们就把它下面的泥土挖空!"

基基诺又一次感到有些惭愧,当他感到束手无策时,蚂蚁们却想到该怎么办了。这时,十来只蚂蚁仍然紧紧地拖住蚯蚓,而其余的都拥到了蚯蚓的洞边。

在基基诺身后的夫世卡对基基诺说:"可以用你的双颚了,到蚯蚓的肚子底下去挖。"

到这时,基基诺才发现,如果说蚂蚁的双颚在吃流质或软的食物时派不上用场的话,那么现在它们却成了有巨大威力的工具。它们可以当锄头、铲子和杠杆。

在把洞口的边啃松后,蚂蚁们就继续在蚯蚓的肚子底下朝洞里挖,一直挖到头才罢休。经过一阵紧张的劳动,最后蚯蚓完全躺在了一条几乎是笔直的沟里。在这条沟里,它再也不能像刚才那样凭借纤细的毛紧贴地面,也不能以蠕动来挣扎了。先前,蚯蚓的半截在洞里,半截在洞外,有力气挣扎,而现在却躺在一条笔直的沟里,这使得蚂蚁很容易把它拖出来。实际上,真没用多久蚂蚁就把蚯蚓全部拖出了洞。

基基诺吃惊地估计了这条蚯蚓的长度,它大概不下十五厘米,这巨大的长度是一只小蚂蚁无法相比的。

基基诺也不害怕了,因为他最终看到了同伴们是如何的无所畏惧，领教了她们的机智和才干；同时，也体会到了自己的武器——双颚的厉害。

蚯蚓被拖出了洞后，双颚已经无用武之地了。现在的问题是，怎么才能把这么长一条沉重的蚯蚓拖回家去。

拖蚯蚓的劳动也是相当累的。尽管蚯蚓仍在拼命挣扎，但还是被它强大的对手扛头的扛头、扛尾的扛尾、扛中间的扛中间，拖了一大段路。看到这种情景，基基诺打心眼儿里佩服这些蚂蚁。

基基诺想："在我未变成蚂蚁前，我曾多少次看到蚂蚁们在进行着类似的劳动。当时我并未觉得有什么了不起，现在却认为她们简直可以称为英雄。我的这种转变，有谁知道呢？不过，以前又有谁对我讲起过蚂蚁是这样有力量、这样勇敢呢？"

不过，英雄的事业不久就遇上了一个看上去是无法逾越的障碍：在蚂蚁的面前出现了一片草地，她们是没有足够的力量把这个庞然大物拖过草地的。

大家停了下来。

基基诺认为现在是自己拿出建议的时候了，就说："把它弄断！"

蚂蚁们正准备把蚯蚓弄断，这时，夫世卡却说话了："等一等，我们是能够把整条蚯蚓运回家去的。"

"怎么？"基基诺感到诧异，他对自己的第二个建议又遭到否决表现得很不满意。是的，他还是觉得自己曾经是个聪明的孩子，仍然有比蚂蚁们强的优越感。

夫世卡继续说："留下一部分看着蚯蚓，其余的都跟我来。这样做虽然费点时间，但一定能把它完整地拖回去。"

夫世卡带着蚂蚁迈着均匀的步子朝蚁穴走去，她们走路的样子很怪，像怕脚着地似的。

基基诺看着她们这种走法，忍不住用挖苦的口气对夫世卡说："对不起，请问你们夏天脚下也生冻疮吗？"

八、搬运蚯蚓

夫世卡在蚁穴门口停下后，说："蚯蚓离我们这儿的距离是我们体长的一百二十倍。"

基基诺吃惊地望着夫世卡，现在他才明白夫世卡为什么踮着脚走路。

"记牢从门口到我们洞下的深度，方向是不容易错的。开始干吧！"夫世卡说。

蚂蚁们下到了蚁穴里。确定好一个点后，夫世卡说："我们就从这儿挖起。"她又转身对身后的三四只蚂蚁说，"我们挖洞，你们想着把挖下的土运到蚁穴外面去。"

基基诺明白了夫世卡的意图。他问："你们能挖到蚯蚓那儿吗？"

"当然能！"蚂蚁们一起回答。

基基诺深有感触地说："原来是我错了，开始我还以为是她们糊涂了呢！"

这时，他想起自己还是孩子的时候，听托马索舅舅说起过挖隧道的事。托马索舅舅说，挖隧道是件很困难的工作，首先需要工程师对所挖的隧道进行准确无误的计算，然后工人们就两头同时对着挖。当工人们经历了艰巨的劳动、强烈的焦虑，终于在地下相遇时，那种欢乐的场面是无法形容的。

基基诺自言自语地说："真有意思，蚂蚁也会挖隧道。"

夫世卡看到基基诺站在那儿想着什么，就对他说："快干，快干！你也来干！如果嘴里嚷嚷着要干一件困难的事，而又不动手，那么这件事是永远干不成的。"

挖隧道的工程既费时又辛苦。据基基诺的估计，蚂蚁们足足干了有四五个小时，但隧道还是没有挖通。

挖到一定程度的时候，基基诺又问夫世卡，他问话时总是带着讥讽的味道。

"尊敬的工程师，能允许我谈谈看法吗？"

"说吧。"

"我认为我们是在朝深处挖，而不是朝地面上挖，这样下去，会把地球挖个窟窿的。"

夫世卡微笑着说："还有呢？"

"如果老天爷让我们活上一千年、两千年，我们这样挖下去，会一直挖到美洲去的。"

但是，事实却很快庄严地否定了基基诺的话。

不久，蚂蚁们挖隧道的速度开始变得很慢很慢，因为她们感到终于到了只要打破薄薄的土层就能挖通隧道的时候了。

带领蚂蚁挖隧道的夫世卡用双颚挖掉了一块土，一束光突然透进了隧道。这时，所有的蚂蚁都高兴得跳了起来，她们欢呼道："成功啦！"

隧道的洞口离被十来只蚂蚁看着的蚯蚓不远了。

基基诺惊愕地张大嘴巴，他一句话也说不出来了。

刚从茧里出来时，基基诺看到蚂蚁们是些善于理家的主妇和善良的保姆；而在挖隧道时，他又发现她们都是些坚强勇敢的矿工；现在事实更有力地证明，她们完全是些内行的隧道专家和敢想敢干的工程师！

基基诺都不知道怎样才能赞颂他所看到的这一切，不知道怎么赞美蚂蚁们的机智、聪明以及隧道工程的准确性才好了。

基基诺对他的保姆说："同你在一起我非常高兴……我做梦也没想到你们的本领有这么大。"

夫世卡好像知道基基诺心里想说什么，她说："你的缺点是，由于自己有优越感就瞧不起别人干的事；还有，你总是觉得自己干不了的，别人也不一定干得了，是吗？"

基基诺用一条前腿摸着脑袋，连连地点头。

夫世卡和气地说："慢慢地，连你自己也不会怀疑我们的力量了。你现在还年轻，但过不了三四天，你就会同我们一样有力量、有智慧和经验了，你将会成为我们蚂蚁大家庭中最能干的一员。"

太阳已经西下了，蚂蚁加快了搬运工作的速度，不多一会儿，蚯蚓就被搬进了隧道中。

剩下几只蚂蚁留在洞口，基基诺看到她们正用小草、细麦秸、碎树叶和土粒把洞口挡上，小心仔细地关上了家门，以防夜间发生什么意外的事情。

那条可怕的"蛇"被放进一间房间里。看到蚯蚓长长的躯体躺在那儿，基基诺想起了自己看过的一本名叫《蚂蚁和蝉》的书，那是伊索写的一本装潢很漂亮的童话。基基诺情不自禁地背诵起书中的一句话："这真是今年冬天的好储备！"

夫世卡好奇地问："今年冬天的？"

"是啊！"基基诺很认真地回答，"你以为我不知道蚂蚁从夏天起就为冬天储备粮食吗？那时天气很冷，她们只好待在家里。"

夫世卡笑得喘不过气来。

"你在说什么呀！我们冬天是不吃东西的。"

"不吃东西？"

"真的不吃东西，冬天我们睡觉。"

"睡觉？"

"是的。"

"那么睡一个冬天？"

"整整一个冬天。"

"所有的蚂蚁都睡？"

"都睡。"

听了这些话后，基基诺才明白，人们说了不少胡言乱语，都是因为写动物又不了解动物才引起的。

"那么，我们现在不睡觉？"

"不睡，晚上我们就在家里劳动。"

基基诺嘟哝着："干得太多了。不过，把瞌睡都放在冬天，我倒是挺高兴的。这就用不着总是单调地早上起床，晚上上床；然后早上又起床，晚上又上床；睡了又要起来，起来了又要睡，没完没了，让人烦死了。"

九、开始露出战士的神色

夫世卡对基基诺说:"你对我们的家还很不了解,你先把身上弄干净,然后我们一起到门口去。"

"先把自己弄干净?"基基诺对这句话摸不着头脑,不由地问道。

"是的,在劳动时,我们的身上沾上了一些灰尘和脏东西。我想,你总不愿意像'吸血鬼'那样浑身都裹着污垢吧。"

夫世卡说的"吸血鬼",是指臭虫。臭虫生活在人们的家里,在蛹的阶段,全身都裹着一层灰尘、羊毛或脏东西,躲在家具的犄角旮旯里。

臭虫的蛹看着就让人恶心,可它正是用这种衣着来对付苍蝇和其他虫子,即用诡计和欺骗驱逐敌人。相反,到了成虫阶段,它就不要这件脏外衣了,变成了一只干干净净的吸血虫。

孩子们,夫世卡讲的话是对的。她说:"整洁首先是朴实和正直的标志,它使自己有尊严。我们蚂蚁是非常注意整洁的。"

基基诺愣了一下，接着说："你说的是对的。不过，我要说，没有肥皂、水和毛巾怎么洗呢？"

基基诺讲的这些，夫世卡当然是听不懂的。她继续说："快点，用你的脚掌把自己弄干净。"

基基诺试了一下，没成功。但他发现每条腿的末端都长着一把弯弯的齿形小梳子，用它可以从上到下把触角上的灰尘和脏东西都梳干净。而且，这一只脚掌可以为那一只打扫，能把脚掌里沾上的短绒毛都梳掉。

基基诺默默地想："谁又会想到我们的头发都长在脚底下呢！"

梳着梳着，他突然停了下来，哭哭啼啼地叫唤："哎哟，哎哟！"

"怎么啦？"夫世卡关切地问。

"我真倒霉，你看，我头发里出血了。"

夫世卡笑了。

"没关系，你放心好了，这是你在梳洗时不小心挤到腺孔了。"

"挤到腺孔了？"

"是的，脚掌的皮肤上有着许多小的腺孔，它们会分泌出一种流动的液体。"

"那么它们有什么用处呢？"

"用处可大了。当你在一个垂直的、非常光滑的平面上行走时，你是怎么站起来的呢？这是因为你的每个腺孔里都会挤出一滴这种液体，它可支撑你的身体却丝毫不妨碍你的行动。"

基基诺在挖隧道时，便感到自己的脚掌很好使，每个脚掌前都长着爪子，可以刨土、扔土。当他知道脚掌还有这么多用途时，惊叹道："我的老天，我们的脚下有多少东西啊！爪子、梳子、腺孔……就缺少刷牙的牙刷、擦鼻子的手帕和用来洗掉衣服上油污的小瓶汽油了！"

"现在我们上去吧！"夫世卡说。

他们朝门口爬去时，基基诺感觉到在自己的周围，蚂蚁们都在紧张地劳动着，因为他的两根触角不时地碰到忙忙碌碌来回走动的蚂蚁。

"她们跑来跑去地在干什么？"基基诺问夫世卡。

"正在搬运我们的幼虫和蛹。一般来说，我们蚂蚁对温度很敏感。"

"我从来没想到蚂蚁竟是这么怕冷。"

"因为这个原因，我们经常替我们的幼虫和蛹换地方。譬如，当太阳光很强的时候，我们就把它们搬到蚁穴的最深处；当下面温度太低时，我们又把它们移到离地面最近的屋子里来。"

从本质上讲，基基诺倒是一个好孩子。他想到自己在卵、幼虫和蛹的阶段也曾受到这么多关心和照顾时，心里很激动。他对夫世卡说："这些蚂蚁多好啊！我衷心地祝愿她们。对于你，我现在也不知道怎么才能感激你，但是我要说，你对我实在太好了。"

"不要这么说，你也会像我对你这样地对待别的蚂蚁的。"

两只蚂蚁来到门口时，大门口已经设置了障碍。基基诺看到在通往门口的通道里，有几只神情严肃的蚂蚁在转来转去。

基基诺问："她们在干什么？"

"她们是兵蚁，负责守卫大门的。在危急的情况下，她们会迅速地向蚁穴里正在劳动的蚂蚁发出警报。"

"我愿意做一只兵蚁！"基基诺马上接着说。

"没问题，你会成为一名战士的，你将长成一只身强力壮的蚂蚁。据我看，你将会成为一名出色的战士。"

"战士？难道蚂蚁中也有当兵的？"

"当然，如果需要的话，所有的蚂蚁都要参加战斗。平时，我们就派那些双颚有力的工蚁去担任蚁穴的警戒任务。"

基基诺兴奋地说："那我会在第一次战斗中成为一位将军！"

说着，他把第一条前腿举到了额头上，向兵蚁们行了一个军礼。

十、蚂蚁的奶牛

　　基基诺和夫世卡又回到了蚁穴中。夫世卡带着他继续参观蚁穴的其他地方。

　　蚁穴是由无数间宽敞的屋子组成的，每间屋子之间都有隧道或走廊相连，并且都通向一间最大的厅。这间大厅在蚁穴的中央，当天气炎热的时候，蚂蚁们都集中到这里来休息。

　　基基诺用敏感的触角，观察着这些由牢固的柱子支撑着的宽敞的屋子。看着这些花费了巨大劳动建成的建筑物，看到各部分巧妙的结构，他惊叹起来："你们不仅是善良的保姆、坚强的矿工和卓越的工程师，还是出色的建筑师啊！"

　　夫世卡回答说："要是否认这一点就显得我们过于谦虚了。实际上正是如此，我们蚂蚁对建筑有着特殊的爱好。虽然我们不能像蜜蜂那样把家建得风格一致、整齐划一，但是我们却能群策群力，各显神通，建造出结构和风格各异的住所。"

　　基基诺说："所以，要写一部蚂蚁的建筑史就不是那么容易的了。"

"太难了。你想想看，我们除了在地下造蚁穴，还能在空中搞建筑。"

"什么？在空中搞建筑？"

"有一些蚂蚁，她们能把家安在植物的茎上，并且和叶子相通；还有一些蚂蚁把家建到橡树的籽里、瘤上、石缝中、墙壁的空隙里和木头中。"

"那她们都是些雕刻家啰！"

"是的，她们都是些出色的雕刻家。"

基基诺想起了历史上一些辉煌时期的著名人物，从但丁·阿里盖利到米开朗琪罗·布奥纳罗蒂，他们都是些多才多艺的人物：但丁是诗人、外交家，也是位科学家；米开朗琪罗是雕塑家、画家、工程师、建筑师、诗人，还是位战士。想到这里，基基诺觉得蚂蚁足可以同这些名人相比。在基基诺看来，成为蚂蚁几乎就成了伟人。

到目前为止，我们一直把蚁穴称为蚂蚁的家。不过，与其这么叫它，还不如把它称作精巧而坚固的城市更好些。

基基诺学着夫世卡的样子，也量着步子估算着蚁穴的大小。他走到头后，便估算出蚁穴的高度起码是一只蚂蚁身体的三百倍长。这时，他想起了人类最伟大的纪念碑——埃及的金字塔来。他记得其中最高的一座也不过只有人的九十倍高。

尽管他对这些小昆虫本领之大感到惊讶和羡慕，可是当他的肚子咕咕叫起来时，就不客气地对夫世卡说："一切都太好了！既然蚂蚁这么能干，那么，请你告诉我，她们能不能解决我肚子饿的问题呢？"

夫世卡听了基基诺的话后笑着说："当然能！不过，一直到现在都是由我来喂你的，现在你该自己学着吃东西了。"

"没问题，我准能自己吃。"

"那么走吧，这样你还可以看看我们的牲口圈呢！"

这句话又把基基诺弄糊涂了。

"牲口圈？蚂蚁还有牲口圈？"

"是的，我们去挤一点我们的蚜虫的奶汁。"

"我们的蚜虫？"基基诺更不明白了，便跟在夫世卡后面。

走着走着，基基诺发现夫世卡带自己走的是一条倾斜而笔直的隧道，这条隧道显然是通向地面的。忽然，他感到气温变得凉爽起来，一问才知道是走出了地下隧道。但是隧道却没有终止，仍然同地面垂直地往上通。这回基基诺注意到这段隧道是修在一根植物的茎里的，是一条空中隧道。

最后，他们终于走出了隧道，来到了一个宽敞的洞里。这个洞类似塔，塔里居住着一些昆虫。但这些昆虫叫什么，基基诺不能马上回答出来。

幸好，这时有一些光从小窗户里透了进来，基基诺认出来了，原来塔里的居民是一些他曾多次在花园的蔷薇花茎上看到的一团团的小昆虫。

"这里住着两种昆虫，一种叫瘿虫，另一种叫蚜虫，你愿意要哪一种奶，就自己挤吧！"

看到基基诺在犹豫，夫世卡又对他说："从后面挤。"

基基诺想："用两条腿来挤？腿怎么可以挤奶呢？"他认为，每条腿上都有把刷子，但不可能是很干净的。不过，他又想起当孩子时，曾尝过一种用山鸡肉做成的饼，尽管严格地讲那饼也不是什么干净的东西，但味道却很鲜美……他不想再等了，连忙学着夫世卡的样子在一只又肥又大的瘿虫身上挤奶。这只瘿虫也很乐意让他挤奶。

奶挤出来后，基基诺马上发现，从这只温驯的昆虫身上挤出的奶，原来是他曾经尝过的一种鲜美的甜汁。于是，他就不客气地饱餐了一顿。他吃得是那样饱，以至于觉得必须到外面去呼吸点新鲜空气，才能帮助消化。

"我们到外面去待一会儿吧！"夫世卡可能也有同感。

他们俩从塔的小窗口出来，顺着隧道的外部朝下走，来到了地面上。

在月光下，基基诺才懂得，在隧道里是无法评价这座优雅的建筑物的。

这空中隧道原来是一根很粗的茎。茎的上面是一个类似球样的东西，那正是塔，瘿虫和蚜虫就放在里面。最妙的是，塔顶上又长出了一株长满绿叶的枝条。

"这是怎么回事？"基基诺问。

"我一解释，你就会明白的。瘿虫和蚜虫以植物的嫩皮为食物，而我们蚂蚁又特别喜欢吃它们消化后分泌出来的汁。于是，我们就把这些昆虫搬到了这棵蔷薇上面，使它们同我们一起生活，我们也就可以挤它们的奶了！"

"我从来没像今晚这样挤过奶呢！"

"要挤它们的奶，就得供给它们吃的，这就是为什么我们把它们饲养在树杈周围的原因。在树杈上，它们能找到喜欢吃的食物。一般说来，我们替它们建造的家是同蚁穴相连的。一个偶然的机会，当我们挖隧道时，发现了一棵新鲜植物的茎，就索性把瘿虫和蚜虫搬到了植物的茎上，只是把隧道同植物的茎连在一起。这样既不用费劲替它们找食物，也不必为它们特意建造个家了。"

如果说，蚂蚁是一种能使有些人变成疯子的昆虫的话，那么，基基诺这一次的确被她们弄得晕头转向了。

蚂蚁也能像人一样有着她们出色的"奶牛"，她们为了得到需要的奶，竟然造出了卫生条件很好的"牛圈"。这件事，使基基诺惊讶的程度超过了以往任何一次。它使基基诺了解了蚂蚁这种小小的昆虫所具有的力量和智慧，同时给基基诺带来了某种担心。

　　因为，当他们重新走进塔内，顺着长长的隧道返回蚁穴时，他一路上都在想："这些蚂蚁实际上是些保姆、矿工、工程师、战士、泥水匠、雕塑家、建筑师，甚至还是些面包师，要是她们再是拉丁文教授的话，那我就完了。"

十一、见到拉丁文就肚子疼的蚂蚁

　　回到蚁穴后，基基诺发现，蚂蚁吃得太饱是不可能的。

　　蚁穴里，工蚁们还在紧张地工作着，不是在加固白天挖出来的隧道，就是扩建房子。有三只正在干着活的蚂蚁发现有两个同伴朝自己走来，就停下工作说："她们大概是给我们送吃的来了，我们饿了。"

　　夫世卡马上走近其中的一只蚂蚁，同时又对基基诺说："你吃了足够四只蚂蚁吃的食物，你去喂另外两只吧。"

　　没等基基诺弄明白夫世卡这话是什么意思，两只蚂蚁已经挨近了他。她们把口对着基基诺的口，轮流从他肚子里吸出了好多他刚才吃下去的甜汁。

　　基基诺一肚子不高兴。等两只蚂蚁回去干活时，他对夫世卡说："这是在开什么玩笑？"

　　夫世卡笑着说："你应该知道，在我们的消化器官里有一个囊，囊里存着一部分食物，这是我们的食物储备。我们就是用囊里储存的甜汁来喂幼虫的。另外，我们也经常用它来喂正在干活的蚂蚁。不然的话，她们就得停止工作去找食物吃。"

听夫世卡这么一解释，基基诺马上就发现，在尊重和关心劳动者方面，蚂蚁要比人强。

所有的蚂蚁都热爱劳动，这一点人是无法同她们相比的。而且，那些正在劳动的蚂蚁，竟还有别的蚂蚁把食物送进她们的嘴里。遗憾的是，在人类社会里，还有劳动的人饿着肚子，他们就是打着灯笼也找不到有人送食物给他们吃。

所有这一切都是基基诺亲眼看到，亲自用触角感觉到的、听到的。所有这一切，使他充分地了解了蚂蚁公民的优秀品质，了解了她们聪明的才智、光明磊落的行为以及她们之间相互友爱的姐妹之情。这些都是在他未变成蚂蚁前闻所未闻的。

刚变成蚂蚁时，基基诺认为自己远比这些小昆虫聪明，可是现在，他深深地感到，人们一点也不应该嫉妒蚂蚁的一切，哪怕是她们的甜汁。

在短短的二十四小时里，他看到了多少新鲜事啊！

只用了一天的时间，就发现了一个新世界。

对于这个世界，基基诺是永远也不会忘记的！

不过，每一个世界虽有它美好的一面，也有让人憎恶的东西，这使得基基诺感到很遗憾。

这种思想是第二天早上夫世卡对他说的一番话引起的。夫世卡说："今天天气很好，你同那些刚出生不久的蚂蚁一块儿上课去。课堂离蚁穴不远。"

一听这话，基基诺的热情顿时消失了。他垂头丧气地拖着六条腿，跟着他的蚂蚁同伴们朝蚁穴的洞口走去。

课堂在蚁穴附近的一片南瓜叶子下面。基基诺看到一只老蚂蚁正在一块石头上坐着。老蚂蚁神情非常严肃，严肃得就像上了礼堂的讲台一样。

基基诺听到周围的蚂蚁都在窃窃私语，她们在议论这只蚂蚁王国中年龄最大的蚂蚁，说她见过大世面，研究过许多许多的问题。

老教授开始讲课了。她说："亲爱的孩子们，你们刚来到这世界上不久，我想，你们一定很想知道些关于你们自己的事情。今天，我很乐意讲一讲有关我们蚂蚁公民的政治、社会、历史情况给你们听。"

讲到这里，老教授清了一下嗓子，又继续说："我们属于昆虫中最著名的膜翅目昆虫。在膜翅目昆虫中，有两种昆虫最聪明、最勤劳，也最文明，这就是蜜蜂和蚂蚁。我们的同胞遍布世界，从小而勤劳的棕色蚂蚁到巨大凶残的蚂蚁；从黄色的性情恬静的蚂蚁到勇敢好斗的、靠偷窃为生的蚂蚁，有成千上万种。我亲爱的孩子们，我们是幸运的，我们可以自夸是生活在一个用我们的劳动建立的共和国里。在这个文明的共和国里，所有的蚂蚁都有着同样的义务，也有着同样的权利，大家彼此相互尊重、友爱，有着姐妹般的情谊。"

听到这里，基基诺看到课这么长，心想：蚂蚁的学校或许也同孩子们的学校一样，课堂上有着规章制度，有事得举手。于是，他就举起了一条前腿，要求老师允许他缺席一会儿，去上一下厕所。

老教授不明白基基诺举一条腿是什么意思，也许是故意装作不懂，没理他，继续着她的爱国主义教育。

"尽管我老了，但我还是经常在沉思。我沉浸在美好的梦想中，憧憬着我们蚂蚁公民们伟大光明的未来。今天，由于错误的传统、错误的利益，我们分成了许多部落，彼

此进行着战争。我们不懂得好客的甜蜜滋味，相反却残酷地处死那些闯入我们家园的外来蚂蚁，这真是不应该的啊！唉，或许有一天，全世界的蚂蚁会认识到他们犯了历史性的错误，认识到他们的使命，联合起来，消除彼此间荒谬的仇恨，在昆虫世界中成为一流的民族。好，现在让我们来看看不同种类的蚂蚁，从欧洲的到拉丁美洲的……"

"哎哟！哎哟！哎哟！"

这是基基诺在哼哼，刚才老教授说的"拉丁文"使他肚子疼得厉害，基基诺浑身上下都在抽搐。

十二、衬衫角又露出来了

老教授停止了讲课，急忙站起来，走到哀叫着的基基诺跟前，问："你怎么啦？"

"哎哟！哎哟！我这儿疼，这儿，这上面，还有那儿，下面也疼。"

老教授懂得医学，还会做手术。她立刻为基基诺诊断起来。

"没有问题，同其他蚂蚁一样，你的身体由脑袋、胸、背组成，你有六条腿。这儿疼吗？"

"我这儿疼，这儿……"

"这上面？我知道了。你的肌肉也很正常，同所有的蚂蚁一样，你发达的肌肉可以提得动比你身体重三十倍的东西。人是动物之王，但他们大多数却连同身体一样重的东西都提不起来。你这儿感觉怎样？"

"我那儿疼，那儿疼……"

"下面？我看你的血液循环是正常的。你的消化系统好得让人羡慕。吸气！这样……呼吸系统也好极了。你血液的氧化功能很好，吸收了空气后更是充满活力。该到神经了吗？"

"大概是的。你讲到神经时，我感到神经好像被什么猛触了一下似的。"

"让我来看看神经系统……嘿！你的神经系统没什么可说的，每根细小的神经都很正常，神经中枢也没有什么异常现象。蚂蚁的神经是相互独立的，如果把你分成两半，你会像所有的蚂蚁一样，每半个身子都还可以活很长时间。现在让我来看看脑子。"

基基诺愁眉苦脸地说："我想，我的脑子很小。"

"很小？完全不是这样。你的脑体积就如一个正常的蚂蚁一样，等于你身体的二百八十分之一。换句话说，这同人、哺乳动物大脑和身体重量的比例差不多。你看，仅这一点就说明我们蚂蚁是非常聪明的。"

突然，老教授停止了说话。她用三只普通的眼睛望着基基诺的后背。

"哟！你的后背可有点不大正常……"老教授低声说。

"怎么回事？"基基诺惊慌失措起来。

"你转过身来。"

基基诺转过身后，老教授说："你屁股后面长着一个奇怪极了的东西，这东西我还从来没见过……你知道，我见过的事可多啦！"

"不过，我总该知道是什么东西。"基基诺说。他感到身后有什么东西在刺激自己。

"谁知道是什么，好像是个瘤子……"

"一个瘤子？我的老天！……"

"不过它又可以像布一样折起来。我不知道该叫它什么才好。"

这时，其他蚂蚁也都围了上来，她们小声议论着。

"咦？真稀奇！这撮白布是怎么回事？"

"白布？"基基诺一听白布两字，吓得全身都发抖。

他突然想道："糟了！"

他朝周围望了望，忽然猛一下向一棵草的尖叶子扑去，这棵草的尖叶子正好荡在附近的小水坑上。基基诺抓住草尖，两腿朝上一跷，在水中看到了自己的倒影。

毫无疑问了。

基基诺在水里清清楚楚地看到自己的背下、两条后腿之间有一面小旗子。

这一来，基基诺吓得差点要掉进水坑了。

他抓住草叶子，一蹬脚，又跳回了地上。他使劲地想从脑子里抹去看到的那面小旗子的形象，可是不行。更糟的是，他只要一转脑袋就能看到一面小白旗露在自己的屁股后面。

小蚂蚁们纷纷议论着。基基诺听到她们说：

"这撮白东西真让我怀疑……"

"是啊，这只蚂蚁不是我们这个家庭的。"

"他是一只外来的蚂蚁！"

"是冒充进来的！"

"杀死他！"

"把他的脑袋咬掉！"

看到屁股后面的小白旗后，基基诺很沮丧。尽管他比其他小蚂蚁要强得多，但他连想都没想到要去抵抗她们；而小蚂蚁们也不顾老教授的反对，她们出于本能，都张大着双颚，围着我们的基基诺，准备向他扑来。

真行，才上完课就开始实践了。

十三、小白旗万岁

在小蚂蚁们的一片喧嚣声中，突然听到了一只大蚂蚁严厉的声音："都给我住手！你们想干什么?!"

这是夫世卡。

她走到基基诺的前面，用自己的身子护着他，并伸直了两条颤抖的触角，张大着双颚，准备抵挡小蚂蚁的进攻。

小蚂蚁见到这种情景，都吓得后退了。

夫世卡生气地说："你们难道不感到羞耻？才出生一天就这么不讲道理！是谁教你们这样的？是谁给你们这种权利的？这样傲慢地决定自己同伴的生死，对吗？"

"他不是我们的同伴！"一只小蚂蚁鼓起勇气争辩着。

"他身后长着一面小白旗！"另一只小蚂蚁说。她显然是看见有蚂蚁说话而壮了胆。

夫世卡更火了。

"什么小白旗不小白旗的！你们这个同伴的卵是我和另一只老蚂蚁认出来后搬回家的。我都感到奇怪，像你们这样还需要照顾、缺少生活常识和经验的小蚂蚁，竟敢对我们老蚂蚁的行动妄加评论！"

有些老蚂蚁听了夫世卡的话后，也觉得她讲得有道理。这时，老教授背着两条前腿，摇着头说："永远是这个样子！蚂蚁就是在这点上不肯放弃偏见！互相间的不信任使她们总是粗暴地对待外来蚂蚁，太遗憾了！……唉，今天算我白讲了一通！"

小蚂蚁们有些后悔刚才的鲁莽举止。当夫世卡拉起基基诺的腿让她们看时，她们更有点不知所措了。夫世卡说："想想看，你们刚才这样做对吗？你们来看，他的胸部是黑色的，脑袋前面有点发红，这些不是我们家庭的特征吗？你们谁能否认他是同我夫世卡也同你们一样的蚂蚁？"

听了夫世卡的这番话，小蚂蚁们都消除了敌意。有几只小蚂蚁不好意思地走近基基诺，亲着他，表示同他和好。

夫世卡还是牵着基基诺，总是让他跟在自己身边。她用平时那种和蔼可亲的语调对基基诺说："回家吧，你应该休息了，不要去想刚才那些恼人的事了。"

他们走到蚁穴中一间僻静的房间里后，基基诺的紧张情绪才消除了。他舒口气，对夫世卡说："亲爱的夫世卡，你对我真好，我真感激你！你知道，有你跟我在一起，我是多么幸福啊！"

善良的夫世卡回答："别说了，别说了……你该休息了。"

"俗话说：安静下来就什么都好了。不过，我也纳闷，是谁把我的小白旗扯到外面来的？"基基诺问。

"没有谁，你放心好了。是啊，实际上我也老看到你身后有一撮东西，总觉得有点刺眼。"

"我在卵的阶段也有小白旗吗？"基基诺想起了自己在变成卵的那一刹那，还曾拼命挣扎着把小白旗塞进裤裆里的情景。

"是的，在卵的阶段就有，变成幼虫、蛹后也还有，当时并不显眼。现在你长大了，那面小白旗也变大了。"

"是变大了许多吗？"

"嗯……是的。不过，你不要去想它了。你应该多想想怎么才能成为一只善良、出色的工蚁，这样，尽管你身后长着一面小白旗，你也将会得到所有蚂蚁的尊重。"

夫世卡说完，就出了屋子。

基基诺曾好几次想把小白旗的由来告诉他的保姆，但每次都怕她笑话而没好意思说出口。

现在，屋子里只剩下基基诺自己了。他又想起自己恼火的事并埋怨起命运来了。命运使得他屁股后面老得挂上一面可恨的小白旗。

他发怒地自言自语说："连变成蚂蚁也让我带着这撮可恨的衬衫角！当孩子时，老被哥哥、姐姐讥笑，现在又成了蚂蚁们的笑柄！更糟糕的是，过去至少可以伸手把它塞回裤裆里去，现在它却长在我身上，这就是说我将永远地带着它，永远地带着它了！多可恨哪！我一直对妈妈说，我再也不愿穿这条旧的开裆裤了，可是妈妈根本不理我的茬儿……"

想到这里，基基诺突然停了下来，他第二次想起了妈妈。自从变成蚂蚁后，他实在忙得很，没有时间去想其他事。

他叹了口气，不由得又想到妈妈：可怜的妈妈，我可怜的好妈妈！很久没见到你了，谁知道你想起基基诺时会流多少泪，会是多么伤心！啊，我亲爱的好妈妈，你不要伤心，也请你原谅我的淘气。你永远是我的好妈妈，虽然我远离了你，虽然我变成了一只蚂蚁，但我永远是你的孩子，永远是你的基基诺。我仍像过去一样爱你。妈妈，你知道我是多么想见你、想亲你，并从你那儿得到些什么呀！噢，我有了，你在我的身后留下了一撮衬衫角，就是那老露在那条开裆裤外面的衬衫角。妈妈，我从孩子时就有了这面小白旗，现在还有。我感谢这撮衬衫角，因为它能使我经常想起妈妈；尽管我变成了蚂蚁，我很高兴还保留着它！说不定，它还会给我带来幸运呢！我相信，妈妈为孩子想的事或做的事都是为孩子好的。

想到妈妈，基基诺很激动。他哭着，笑着，用腿摸着身后的小白旗，跳起了舞。

这次，他真的伤心地哭了，一百二十三只眼睛都在流着泪。

十四、向蚁穴的一次进攻

两天以后，基基诺长成了一只体格健壮的蚂蚁。他的身体已经完全发育好了，也懂得了许多事。这时，夫世卡对他说："你能够独立生活了。"

"不，我永远需要你，你对我总是那么好。"基基诺回答。他在同夫世卡说话时，没有用"您"，而用了"你"。基基诺相信，在使用尊称时，蚂蚁是不会用"您"的，因为有时连人都会用错。

基基诺变得又结实又敏捷，他每天都和同伴格斗（蚂蚁非常喜欢体育锻炼），而且每次总是获胜。由于这个原因，基基诺被蚂蚁推选为民兵队长。他总是被派去干那些最危险的事，并在危急的情况下担任保卫蚁穴的任务。

有一次，基基诺找到一颗苎（zhù）麻子，他用双颚把苎麻子咬开，用它的壳把自己的胸部保护起来。

他的同伴们并不习惯基基诺的这番装束，都好奇地望着他。不过，这时蚂蚁已不能把精力都放到这类事情上面了，因为这个善良勤劳的种族正受到严重的威胁，她们十分担心蚁穴的安全。

几天来，老有一些陌生的外来蚂蚁在蚁穴附近窜来窜去。更让人怀疑的是，她们一察觉自己被注意，马上就逃走了。

这些外来蚂蚁的行踪，特别是她们那种鬼鬼祟祟的样子，预示着来者不善。一天中午，天气很好。正当基基诺和同伴们在蚁穴的中央大厅休息时，忽然传来了可怕的呼喊声："红蚂蚁来了！"

这是兵蚁发出了警报。

听到警报声，基基诺立刻领着一些蚂蚁出了大厅，朝蚁穴的洞口跑去。剩下的一些蚂蚁马上转移卵、幼虫和蛹，把它们移到蚁穴的深处，以免遭到伤害。

入侵的红蚂蚁没料到隧道这么窄，被堵在一个狭窄的口上，并遭到守卫者顽强的抵抗。

"如果我们再迟来一会儿，她们就打进我们的家了，到那时事情将不可收拾。"夫世卡说。

基基诺看到地形对自己很有利，说："现在没关系，我们待在这里，就像一堵不可逾越的墙。"他奋勇地阻挡着冲上来的红蚂蚁。

不过，情况并不总令人满意：尽管入侵者被挡在隧道的一个窄口上前进不了一步，但基基诺也无法使她们退却。形势变得有些危急。

夫世卡说："说不定她们来了许多……"

基基诺问："你是这样认为的吗？"

"肯定是，要不然，到这个时候都攻不下来，她们就该逃跑了。"

基基诺沉思了一下。

突然，他对夫世卡说："夫世卡，你能守住这个窄口吗？"

"当然能。守住它并不难，唯一不好办的是，照这样打的话，得打上一年。"

"不，我不这么看。"基基诺说，"给你留下二十个同伴在这儿把守，够了吗？"

"足够了。"

"好，那看我的！"

基基诺给夫世卡留下了二十来只蚂蚁。为了不让敌人察觉自己的行踪，他悄悄地带着同伴们转移进了那条把蚯蚓拖进蚁穴的著名隧道。

基基诺的计划可称得上是一个伟大的作战方案。此刻，他觉得自己似乎成了蚂蚁国伟大的军事战略家了。

从隧道出来，基基诺让他的那支由百十来只蚂蚁组成的斗志高昂的部队暂时停下。他独自爬上了一座山头，从山顶上观察着蚁穴大门的情况。

夫世卡的判断是对的，红蚂蚁确实来了许多，长长的队伍一直延伸到洞外，后面的还在不断催着前面的快攻。

基基诺命令他的部队："前进，但大家注意，别出声！"

十五、基基诺成了将军

亲爱的孩子们，你们应该知道，在蚂蚁中，红蚂蚁是非常野蛮凶残的。她们自己不劳动，专门干着侵略和抢劫的营生。她们像一群小偷一样在春天集结，攻占了别的蚁穴后，就进行抢劫（也抢瘿虫和蚜虫），把抢来的食物搬回自己的洞里。

最可恶的是，她们还抢劫勤劳蚂蚁的卵和蛹。你们知道这是为什么吗？原来等那些卵和蛹变成蚂蚁后，便是她们的奴隶。她们将强迫那些蚂蚁干活，并侍候自己。

因此，她们的蚁穴同别的蚁穴不同，是一种混合式的。在这种蚁穴里，除了她们自己居住，还要让当奴隶的蚂蚁来住。

这样，在红蚂蚁或血红蚂蚁这样好战蚂蚁的蚁穴里，还住着一种名叫夫世卡或鲁法的蚂蚁。这种蚂蚁生性勤劳和聪明，红蚂蚁特别喜欢这种蚂蚁的卵和蛹。

所以，你们可以想象，这帮强盗是多么迫不及待地想早点攻下基基诺住的蚁穴，以便进去大肆抢劫。

突然，她们听到背后传来愤怒的喊杀声："杀死这帮强盗！"

这是基基诺率领部队对敌人突袭了。

洞外的红蚂蚁被这场出其不意的攻击弄得摸不着头脑，

队伍一下子就乱套了。基基诺及时地让部队把强盗的队伍截成了两段，使得她们无法抵抗。乱成一团的红蚂蚁们立刻从进攻变为挨打，一个个吓得惊慌失措。

战斗进行得很顺利，红蚂蚁们四处逃窜。

基基诺对他的同伴们大声说："追！要杀得这些臭名远扬的强盗片甲不留！"

正当部队乘胜追击溃逃的敌人时，基基诺马上走近蚁穴，他用一张枯叶子盖住洞口，只留下一条刚能通过一只蚂蚁的空隙。

已经进入蚁穴的红蚂蚁不知道外面的部队已被打得大败而逃，还在拼命朝里攻。

基基诺想："好哇，你们这帮强盗，既然已经进了我们的家，那我就不能让你们熟悉了里面的地形后再逃走。"

于是，他把头伸进洞里大声喊："夫世卡，把这帮强盗从里面赶出来。"

红蚂蚁们听到洞外传来了敌人的喊声，吓得魂飞魄散，顿时乱成一团。她们慌忙掉头朝洞口跑，夫世卡她们趁机就在后头追杀着。

红蚂蚁们你推我挤拥到了洞口，也不管洞口为什么一下子变得这么小，争先恐后地往外钻。

这正合基基诺的意。他张大双颚，只要钻出来一只红蚂蚁，他就毫不客气地咬下一个脑袋，一口气咬掉了十一

个。当基基诺正要凑足一打时，却听到一个很熟悉的声音说："喂，你想干什么？"这是夫世卡。

"啊，真对不起，差点把你的脑袋也给咬下来。"

夫世卡出洞后，看到洞口全是被咬掉的脑袋，进洞的红蚂蚁一个都没跑掉。

基基诺在洞口转了一会儿，他找来了许多细木条，用它们的尖挑着脑袋，插到洞口。

基基诺指着这些脑袋说："谁要是胆敢再侵犯我们，这就是下场！"

"她们肯定还要来的，红蚂蚁是难以驯服的，明天还会来。"夫世卡说。

远处突然传来了一片欢呼声，这是追击敌人的部队回来了。

得胜归来的蚂蚁们把基基诺团团围住，纷纷把自己杀死的红蚂蚁脑袋给他看，同时高呼："啊！小白旗英雄！啊！我们的首领！"

看到这种情景，基基诺激动地摸着屁股后的小白旗，他想起了妈妈。

基基诺自言自语地说："我的可怜的妈妈，如果你能看到你的基基诺成了蚂蚁将军的话，谁知道你会多高兴啊！"

十六、野心家

　　正当蚂蚁们兴高采烈地欢呼胜利的时候，老教授突然说话了。她严肃地说："同胞们！你们保卫了家园，干得很好。但是，战争本身是罪恶，我们在进行正义的战争时，也不该忘记它是一种不幸。因此，我劝你们不要因为胜利而忘乎所以，你们应该为那些依仗强权，到处游窜、抢劫，破坏和平安宁生活的红蚂蚁感到悲哀，这才是一个文明蚂蚁所应该做的。"

　　基基诺想反驳这些话，还没等他开口，老教授又继续说："战争的后果是痛苦的。我们虽然胜利了，但是请你们看看周围死伤了多少同伴，这就是说，我们的幼虫和蛹失去了许多保姆，我们的家园失去了许多建设者。"

　　夫世卡接过老教授的话，说："老教授说得对，我们应该为那些死去的英雄举行隆重的葬礼。"

　　在夫世卡的提议下，蚂蚁们开始寻找死伤的同伴。受伤的蚂蚁被小心地抬进了蚁穴的深处，以便进行精心的治疗，死去的战友则被抬往公墓。

　　"抬往公墓？蚂蚁还有公墓？"我们的小读者们一定会

觉得很奇怪。

基基诺也感到意外，他并不知道，蚂蚁也把自己家庭的死者安葬在一个特定的地方。

他跟着送葬的队伍，来到了一个被植物阴影遮盖着的大空地上。肯定无疑，这种植物对蚂蚁来说代表了垂柳。在那儿，死去的蚂蚁一排排地停放着，那些刚死的蚂蚁在追悼会后也被安放在那儿。

葬礼结束后，蚂蚁们都回蚁穴了。基基诺却不想马上回去，他还想再看一下战场。

他在战场上慢慢地转着，脑子里回想着这值得纪念的一天中的每一幕情景。他感到十分满意，不知不觉地飘飘然起来。

基基诺靠在一棵草上，开始了无边无际的遐想。

"……毫无疑问，我已成了蚂蚁们无法想象的伟大的将军。如果红蚂蚁真像夫世卡说的那样，明天还来进攻的话，那么，对我来说，这意味着还要取得一次更大的胜利。既然在第一次战斗中我就成了将军，那么谁又敢说我不能成为蚂蚁国的国王呢？"

想到这里，好像在嘲笑他似的，周围响起了一种古怪的声音。基基诺觉得一种云雾状的东西把自己包围了起来，同时，他还闻到了一股难以忍受的臭味。

基基诺急忙从云雾中跑出来，看到一只样子挺古怪的昆虫正把屁股对着自己。这种昆虫黑色的背上有着一些红点。

基基诺发起了脾气，他对这只昆虫说："谁教你恶作剧的？"

昆虫又从屁股后面放出一团云雾来回答他。这放云雾的声音跟刚才听到的一模一样。这一次基基诺差点被熏倒。

基基诺变得怒气冲天，他没命地向这个没教养的昆虫冲去，爬上了它的背。基基诺用两条前腿夹住昆虫的脑袋，张大双颚，准备像对付红蚂蚁一样咬掉这个昆虫的脑袋。

"求求你别杀死我。"昆虫哭哭啼啼地说。

"真扫兴！你看你这德行！"基基诺说。

"我以为你要进攻我，所以才拼命自卫。"

"噢？这叫自卫？所有像你这样的昆虫都这样自卫吗？"

"是的。"

"可以知道你是什么昆虫吗？"

"我们是'大炮'。"

"太好了！不过我可不大喜欢你这样的炮击。"基基诺说，他又张开双颚准备咬下昆虫的脑袋，突然，脑中闪过一种想法，于是他问昆虫："告诉我，亲爱的'大炮'，如果我饶了你的命，你能保证再不对我这样吗？"

"我以一个正直的甲虫的名义向你保证。"

基基诺从甲虫背上爬下来，从头到尾地把甲虫打量了一番，说："那么，你是甲虫啰？"

"是的，你没见过？"

甲虫张开了翅膀。这是一对十分精致的翅膀，它的上面还覆盖着一对角质的翅膀，角质翅膀就像盖子一样保护着那对精致的翅膀。

甲虫说："我们属于卡拉比甲虫家族，我们是一种颜色非常美丽的甲虫。"

"你愿意怎么美我不在乎，但你太不讲礼貌了！"

"你肯定是指我从屁股后面放的那股气啰？它把你弄得晕头转向了吗？"

"还说呢，真臭！"基基诺说。

"那是我的武器，是用来自卫的。我们也用它来捉比我们小的昆虫，它们很快就会在我们面前窒息倒毙的。"

"那么，刚才你是想吃掉我？"

"是的。不过到目前为止，你是唯一没有被我的臭气熏倒的，你挺过来了……"

"好！现在我问你，你能集合起十二只像你一样的'大炮'吗？"

"没有问题。同我一起住在石头底下的就有五六个，其他甲虫离我也不远。"

"好极了！要是我为你准备一百只或者更多一点的蚂蚁让你美餐一顿，你不会反对吧？"

"瞧你说的！"

"好，那你听着，明天黎明时，请你把你的同伴带到那片南瓜叶子下面等我，你看到那片南瓜叶子了吗？"

"你放心好了，我一定在那儿等你。"

"到明天我再告诉你该干些什么。再见，亲爱的朋友，记住，明天一定叫上你的同伴等着我，我有件大事要干。"

说到这儿，基基诺背起两条前腿，得意地说："我的基基诺，如果拿破仑见到你的话，也会自愧不如的！"

十七、小白旗皇帝一世

第二天拂晓，基基诺把年龄大的蚂蚁都叫到了中间的大厅里，用一种命令的口气对她们说："告诉你们，今天我要去攻打红蚂蚁了，我要同她们决战！"

老教授连忙摇头说："如果这样的话，我们就从有理变成无理了。我们有权利抵抗那些可悲的红蚂蚁，但是我们却没有权利去攻打她们。"

基基诺不耐烦了，回答说："我们应该彻底把她们消灭掉！你们放心好了，我昨天取得了胜利，今天也一定能打败她们。"

基基诺对这些话满不在乎，继续说："我不管有权利没权利，我只知道，要是昨天没有我的话，事情将会糟得无法收拾。总之，我已经决定了，过一会儿，我就让我的部队出发！"

听了基基诺这些话，老教授更是火冒三丈，她跳起来说："你的部队？是你的部队？是谁给了你把同伴的生命当作财产的权力？别忘了，在我们蚂蚁社会里，大家都有同等的权利和义务！"

"如果大家都一样的话，为什么别的蚂蚁没有像我昨天干得那么出色？"基基诺变得蛮不讲理，他甚至连对他非常好的保姆夫世卡的话也听不进去，气冲冲地走出了大厅，一边走一边大声说："不管你们愿不愿意，反正蚂蚁们会跟我走。她们信任我，看到了我在昨天的战斗中是多么机智勇敢！"

事实上，大部分蚂蚁也都被胜利冲昏了头脑，她们热烈地支持基基诺。基基诺让她们排成长队，连招呼都没跟老蚂蚁们打一声，便率领部队出发了。

基基诺心想："我只不过说错了一句话，说了我的部队。不过，事实证明我是得到了蚂蚁们充分支持的嘛！"

走到一个地方，基基诺命令部队停下。他让战士们排成一排，进行授衔。基基诺这样做的目的，是要蚂蚁们对自己更加忠诚，他开始了讲话："军官们、士官们、军士们：你们昨天战斗得很勇敢，因此，我相信你们今天一定能帮我打败敌人！"

"小白旗将军万岁！"蚂蚁们齐声喊道。

基基诺继续说："军官们、士官们、军士们：今天，我要用一个大家想不到的战术来打败红蚂蚁。现在你们就在这里等着我，我去一下就来。"

说完，他把部队交给了"大头"和"铁钳"照看。"大头"和"铁钳"是两只被基基诺任命为副官的蚂蚁，长得很健壮。"大头"力气很大，但脑瓜子简单；"铁钳"呢，双颚非常厉害，唯一的缺点是老叫肚子饿。不过，她们对基基诺的确是佩服得五体投地，而基基诺对她们也是很放心的。

基基诺来到了南瓜叶子下面。正是在这块阴凉的空地上，老教授为蚂蚁世界的和平费了半天口舌。

在那儿，基基诺找到了甲虫，昨天，他们已经建立了亲密的同盟。

基基诺对甲虫说："好极了，其他'大炮'呢？"

"那不是！"甲虫说。

基基诺看到一片南瓜叶子下面集合了一帮甲虫，他数了一下，说："一共十二只，好！它们肯定都服从你的指挥吗？"

"当然！"

"好，现在你听着：我是位将军……我还希望成为……我的部队离这儿不远。我现在马上要率领部队去进攻红蚂蚁。过一会儿，我会把她们押到这儿来的，你们看到她们一过来就朝她们开火，毫不留情地炮击她们，听明白了吗？"

"放心吧，我们会收拾她们的！"甲虫回答。

"那么再见！到时候有你们的美餐！"

基基诺又回到了他的部队前面。他问副官"大头"和

"铁钳"："有什么新情况吗？"

"是的，将军，有情况。刚才我们看到不远的地方有一队红蚂蚁朝我们开来，可是她们一看见我们，掉头就跑了。"

"马上给我追击。追上红蚂蚁后要转到她们后面，再把她们逼到那张南瓜叶子附近，我已经在那儿部署好了炮兵。"基基诺一本正经地说。

部队迅速地前进着。基基诺让一只昨天参加追击红蚂蚁的战士在前面带路，因为这只蚂蚁熟悉地形。

不一会儿，基基诺的队伍就追上了敌人，而敌人呢，好像也在那儿故意等着基基诺一样。

基基诺机智地让部队转到了红蚂蚁的后边，他的这个举动把红蚂蚁给弄糊涂了。

"这些红蚂蚁真是些木头脑瓜，她们根本不懂得战术！"基基诺命令部队朝敌人冲击。

红蚂蚁一共有五十来只，她们似乎没有抵抗的意思，而是一见基基诺的部队冲来，马上主动朝南瓜叶子的方向撤去。这些红蚂蚁一边跑一边还回头探望，生怕把追击自己的敌人弄丢一样。

当红蚂蚁们靠近了南瓜叶子时，忽然听到一声大喊："开火！"

只见红蚂蚁顿时被一团团的烟雾包围着，烟雾呛得她们连气都喘不过来。

开炮的命令一个接着一个，炮火越来越密集。看到这种情况，基基诺命令部队停止了前进。他指着前方升起的团团烟雾，对部下说："这是我们的炮兵在用连珠炮迎接敌人！"

看到这种完全出乎她们意料的打法，所有的蚂蚁都很兴奋，她们高呼："小白旗将军万岁！"

不一会儿，炮兵放出的臭气蔓延了过来。于是，基基诺让部队向左转，把部队带到了一块大石头后面。他又让部队面对着自己站成一排，继续着他的讲话："军官们、士官们、军士们：临出发前，有些年龄大的蚂蚁用种种理由反对我们这次出战。现在你们看到了吧，红蚂蚁们正在垂死挣扎，我的计划完全实现了。为了打败红蚂蚁，我知道怎么去争取和联合盟友，这下子，我们的蚁穴将会永远安全啦！"

"说得对！"战士们高喊着。

基基诺又说："我还要讲一点，我看，我们蚂蚁社会实行的制度是错误的，这种制度和进步与自由是对立的，是任何一个现代的蚂蚁都不能忍受的。要是所有的蚂蚁真的都是平等的话，那么大家就有权利同那些思想保守、干什么事总是顾虑重重的老蚂蚁进行斗争！……军官们、士官们、军士们，现在我们要改革一下我们的制度，我建议：你们自己推选一位天才的、勇敢的、得到大家充分信赖的蚂蚁来当领袖，当你们的国王，甚至是你们的皇帝！"

"对，对！说得对！……"蚂蚁们高喊着。

"总之，你们应该有一个像我这样懂得战术的天才来领导你们。你们需要一个领袖带领你们去争取光荣和荣誉。当然，你们选谁同我毫不相干，你们可以自由地选出你们中最有威望的蚂蚁……"

基基诺所以这么说，是想表示一下自己的谦虚。

但是，战士们却异口同声地说："我们要小白旗……"

基基诺也不推辞，他早就准备好了下面的话："那么，今后大家就叫我小白旗一世，蚂蚁皇帝好了。"

"小白旗一世万岁！"蚂蚁们欢呼着。

十八、入侵

基基诺的美梦实现了。

不过，他又竭力地为自己的野心辩护着，他自言自语地说："虽然我不爱学习，但我毕竟是个聪明的孩子。所以，当我变成一只蚂蚁，又成为蚂蚁王国的第一个皇帝，是不值得大惊小怪的。"

但是，有野心的人总是被自己的野心所惩罚，因为野心是无止境的。一个愿望实现后，马上又想实现更大的愿望。

基基诺也不例外。他并不因为自己当上了蚂蚁皇帝而就此罢休，相反，他欲望越来越大，而且永远也不会说："好了，现在我满足了。"

基基诺想："当蚂蚁王国的皇帝，只不过是我的第一步。现在我该为争取更大的头衔努力了。蚂蚁只不过是膜翅目昆虫的一小部分，我能不能统治整个膜翅目昆虫，成为这类昆虫的皇帝呢？再说，既然我已经同'大炮'甲虫结成了盟友，难道我就不能把我的权力延伸到甲虫目中去吗？还有，谁又能说我基基诺有朝一日不能当上地球上所有昆虫的皇帝呢？人难道不是动物之王吗？所以，对于一个变成昆虫的人来说，起码也应该成为昆虫的皇帝。"

基基诺在他的野心得到初步满足后，也觉得应该好好庆祝一下了。他显得很得意，仿佛自己送给了别人一件什么贵重的礼物一样。他说："行啦！我接受你们的要求，至于皇帝的加冕仪式，等我们回蚁穴再举行吧！"

接着他想："这可够那位懂拉丁文、让人讨厌的老教授难受的了，谁知道到那时她心里是什么滋味！"

基基诺望了一下战场，他看见十二只甲虫正在贪婪地吞吃着被他们臭气熏死的红蚂蚁。他率领部队凯旋了。

可是，刚走到蚁穴门口，他突然惊叫了一声停了下来。

"莫非出了什么事？"基基诺说。

确实是有了新的情况，他看到那些用来掩蔽洞口的屏障已被毁坏，洞口东倒西歪，显然蚁穴遭到了一场浩劫。

基基诺命令他的部队："进洞！"便带头向蚁穴冲去。

当他来到蚁穴中间大厅时，突然被一群陌生的蚂蚁包围起来。

一只蚂蚁说："快！必须阻止他们的部队进来！……"

这些话，加上其他一些迹象，使基基诺感到自己和同伴们的处境是十分危险的。

蚁穴已被红蚂蚁攻陷了。

基基诺不明白蚁穴究竟是什么时候和怎么被攻陷的，

但事实已是不容怀疑的了。顿时，基基诺的脑袋"嗡"的一下炸开了，他觉得思绪像一团乱麻，怎么也理不出个头绪。

这时，基基诺觉得有陌生蚂蚁的触角正在自己的身上探来探去，并听见一只蚂蚁冷笑着说："这就是那位苎麻子将军，刚才的仗就是他指挥的！"

基基诺有点急了，他说："能否让我知道是怎么回事？"

"尊敬的将军，我来告诉你吧！你以为打败了我们，而实际上你被我们打败了。大概你以为我们昨天战败后，就不敢再来进攻你们了，所以你带了你的部队找我们决战，攻打我们。不过，我早就派了我们的士兵了解到了你的意图，因此，决定给你一个措手不及。"

这时，基基诺才想起他的副官"铁钳"曾对自己说起过，有一队红蚂蚁在蚁穴附近转了老半天。

"我们，"那声音接着说，"在接到我们侦察兵的报告后，派了五十多只蚂蚁，她们的任务，正如她们已经做的那样，是把你们拖住，同时，我们的主力就开到了这里。我们攻破了你们的蚁穴，它根本就没有设防。现在……我要让你看一看和听一听下一步我们将干些什么。"

那只红蚂蚁说话的声调马上变得凶狠起来："把他押起来！现在我要让他看看，我们红蚂蚁是怎么从敌人的战术中受到启发的。"

基基诺想挣扎，可是全身已经瘫软了，但他清楚地明白这最后一句话的含义。从战场上看到的和在这里听到的情况来看，红蚂蚁正在准确地重复自己昨天使用的战术。

红蚂蚁也是兵分两路，一部分防守蚁穴，不让基基诺的部队冲进洞来；而另一部分却从那条著名的运蚯蚓的隧道里突然冲出去，把基基诺的部队在洞外截成两半。

基基诺在洞里焦急地等待着，他希望自己的部队能抵挡住红蚂蚁的进攻。

时间过得像是特别得快，对于基基诺来说，一分钟就像一秒钟似的。不一会儿，他听到了洞口传来了"胜利了！胜利了"的喊声。

再也不用怀疑了，部队已经被红蚂蚁完全打败了。基基诺最后的希望破灭了。

基基诺低下了头，为了不让别的蚂蚁听见，他压低着嗓子说了一句话："小白旗皇帝呀，你还有什么可说的。"

十九、基基诺是如何失败的

过了一会儿，基基诺看到几只红蚂蚁聚集到了一起商量着什么，他还听到了那个看起来是将军的红蚂蚁说的话。

红蚂蚁将军说："我们打败了敌人，又攻下了她们的蚁穴，因此，我看不必再把她们的蚁卵、幼虫和蛹搬回去了。我们只要留下一些部队就可以统治这个蚁穴。在这次战斗中，尽管能力有大小，可每只红蚂蚁都尽到了自己的职责。由于我们蚂蚁的权利是平等的，因此，我们大家都将得到同样的好处。等到被我们打败了的蚂蚁的卵、幼虫和蛹变成蚂蚁后，她们就是我们大家的奴隶。"

红蚂蚁将军的讲话博得了一片热烈的掌声。

这时，基基诺回想起自己的所作所为。

他终于明白了，这场灾难是自己一手造成的。由于自己的野心作怪，想当皇帝；由于自己自作聪明，听不进蚂蚁同伴的劝告，结果把敌人引进了蚁穴，造成了这个勤劳、谦虚、善良的蚂蚁民族的毁灭……

突然，那位打了胜仗的红蚂蚁将军粗暴地吼叫起来，把基基诺的思路打断了。红蚂蚁将军说："把俘虏的蚂蚁统统给我押到蚁穴外面处死，省得我们还要费劲地往外搬死尸！"

听了这话，基基诺不寒而栗。假如不是因为基基诺的皮肤是黑的话，脸会变得煞白。

基基诺被红蚂蚁押到了蚁穴外边，这使他有机会看清这位敌人将军的脸。

这位将军体格强壮，身体匀称，但面孔却非常狰狞。要是胆小的蚂蚁在夜间突然遇见她的话，肯定会被这副面孔吓死的。

基基诺镇静了一些，他对红蚂蚁将军说："很遗憾，在蚂蚁中没有像人类社会那样的共和国卫士，否则你将会被第一个选中！"

红蚂蚁将军一点也不明白基基诺说些什么，她威严地吩咐左右的刽子手："从那个年龄最大的蚂蚁开始！"

基基诺转过身来，他看见了老教授。

老教授被两只面部表情阴郁的红蚂蚁押着，她昂着头走到红蚂蚁将军的面前，用平时讲话时严肃的表情说："蚂蚁们，在临死前，我要向全世界不同种族的蚂蚁说上几句话。我要说的是，我们姐妹间的自相残杀还要持续多久呢？这种自相残杀是极其愚蠢的！为了生存，我们要对付相当数量的其他目昆虫，还有鸟类，难道这还不够我们麻烦的吗？为什么我们不联合起来，向世界上的昆虫显示我们蚂蚁的智慧和伟大的力量呢？联合起来吧，蚂蚁们，这是一个老蚂蚁临死前的呼声，她将永远以姐妹这个亲切的词来称呼你们！"

基基诺被老教授这些充满感情的话深深打动了。他认为，红蚂蚁听了这些话后仍然无动于衷是无法理解的，虽然他当初也没把老教授的话听进去。

我亲爱的小读者们，遗憾的是，世界上的事情经常是这样：有时一个忠告能受到人们的欣赏，但做起来，人们还是根据自己的想象和喜好各行其是，只有当危险将要来临或已经到来时，人们才想起这个忠告是有道理的。

因此，你们可以想象，打了胜仗的红蚂蚁们又怎么会听得进老教授的这些话呢？

红蚂蚁将军略一示意，"咔嚓"一声，老教授的脑袋被一个卫兵咬了下来。

这样，被俘的蚂蚁一个个地都被处死了。

对于基基诺来说，最可怕的时刻是他在俘房中认出了自己的保姆。

"夫世卡！"基基诺痛苦地喊道。

善良的蚂蚁对他说："冷静一点，不过，我也很悲伤，因为从此以后，我们的后代都将变成她们的奴隶了。"

听了这话，基基诺感到身体都快支持不住了。

他挺身出来，喊道："住手，不要杀害我善良的夫世

卡，我应该负全部的责任，我是唯一的罪犯。我向你们起誓，她是不同意攻打你们的，都是我，都是我固执己见，听不进她的忠告……"

说到这儿，他说不下去了。

几只红蚂蚁把基基诺挡了回去，正在这时，可怜的夫世卡的脑袋已经落地了。

基基诺极其痛苦和悔恨，他发疯似地喊着："快处死我！"

"等一等！"一个声音说。

大家转过身来望着说话的蚂蚁。

这是一只刚来到蚁穴门口的红蚂蚁，她浑身是灰，还断了一条腿。

二十、军事法庭

那只断了腿的蚂蚁掸了一下身上的灰尘，来到了法庭。她说："我建议，在处死这位苎麻子将军前，应该对他进行审讯。"

基基诺这时精神振作了一点，不过，他对突然冒出来这么一位断腿的红蚂蚁却摸不着头脑。

断腿的红蚂蚁对红蚂蚁将军说："你还记得我吗？我是你派去迷惑敌人，掩护部队行动的。"

红蚂蚁将军说："很好，有什么好消息，快说给我听听。其他伙伴呢？怎么没见到她们？"

"唉，恐怕这时她们早已被消化掉了！"断腿的红蚂蚁凄凉地说。

"什么？被消化掉了？快说，这是怎么一回事？"

"你问这位苎麻子将军吧！他知道该怎么回答你。"

基基诺认为这种时候最好别出声。

断腿的红蚂蚁愤怒地说："你们要知道，这家伙联合了不下十二只'大炮'在路上等着我们。当我们走近这些'大炮'时，它们就向我们开火了，结果，我们整队的伙伴都被臭气熏倒了，我算是死里逃生。那些卑鄙的家伙吃掉了我们许多同伴，它们咬断了我的一条腿，后来大概是把我忘了，才使我有机会逃了出来。"

听了这些话后，法庭审讯团的每一只蚂蚁都发狂似的吼叫起来。

红蚂蚁将军转身对基基诺说："怎么，这事是你干的？你不是正大光明地打仗，却利用甲虫来干些卑鄙的勾当。"

基基诺想说："人类在进行战争时，不同种族之间也是结盟的。"可是，他马上意识到用人类的例子讲给这些蚂蚁听，不过是对牛弹琴。

"我们是一些专靠抢劫度日的蚂蚁，即便这样，也从来没有采用过你这样卑鄙的做法！"红蚂蚁将军咆哮着。

这时，断腿的蚂蚁又继续说："这还不算什么，你们知道，我逃出来后又遇到了这个家伙，当时他正在对他的部队讲话。我躲在一块石头后面偷听。你猜他说了些什么？他竟宣布自己是一切蚂蚁的首领，叫什么小白旗皇帝一世！"

红蚂蚁冷笑道："好哇，小白旗皇帝一世，你还想破坏我们社会的制度！我告诉你，在我们的社会里，所有的蚂蚁都一律平等，大家都享有同样的权利，这种制度谁也休想改变！"

红蚂蚁们把基基诺围起来，她们似乎对基基诺如此胆大妄为感到惊讶。

到了这时，基基诺终于懂得了：在蚂蚁中使用人类生活中的那些准则是完全行不通的！不过，基基诺也已把生死置之度外了。在明白了由于自己的野心而造成了巨大的灾祸后，又听到了老教授临死前说的那些话，看到了善良的夫世卡如何惨遭杀害，他已经觉得活在世界上没什么意思了。

他等待着红蚂蚁将军把自己处死，可是，红蚂蚁将军却说："哼，他的罪行是不可饶恕的，不能这么便宜了他，对他得用一种特殊的刑法。来！把他捉住，再把腿一条一条地给我扯下来！扯完腿再咬掉他的触角，最后咬掉脑袋，叫他不得好死！"

听到红蚂蚁要这样折磨自己，基基诺几乎吓昏了。他用两条后腿站着，大声抗议说："是的，我是罪犯，我承认过错，你们可以处死我，但不能这样折磨我！"

回答他的是一阵哄堂大笑。

基基诺被推倒在地，两个红蚂蚁使劲地扯着他的后腿。

可是，基基诺的后腿长得很牢，红蚂蚁怎么扯也扯不下来。于是，两个红蚂蚁又去扯他中间的两条腿，这两条腿不费劲地就被扯掉了。

奇怪的是，当红蚂蚁扯基基诺中间两条腿时，他一点也不感到疼，而两条腿被扯下后，他反而感到浑身都是力量。

扯掉中间两条腿后，红蚂蚁又去扯两条前腿，可是，前腿也长得很牢，说什么也扯不下来。红蚂蚁将军大怒："你们真没有用，来！看我的……要是我的双颚一下子咬不下他的脑袋，我就不配当将军！"

她猛地朝基基诺跑来。

没跑几步，只听她突然大叫了一声："啊呀，我完了！"

听到红蚂蚁将军这么一叫唤，基基诺马上就明白，这位将军遇到了意外的打击，他很感谢老天爷帮忙。不过，他很快又发现一个新的可怕的人物进入了这场悲剧中。基基诺叹了口气说："唉，要是我没说错的话，这真叫作刚逃出了狼群，又落进了虎口。"

二十一、戴黄手套的凶手

这个新的人物是一只黄蜂，它的腿细长，特别是后面的两条腿更长。它的武器是露在嘴外的螫刺和两个看上去简直像锯子一样的牙齿。

这位蚂蚁法庭上的不速之客，不慌不忙地用它可怕的螫刺刺着红蚂蚁们的肚子，根本不管谁是法官谁是罪犯。

法庭上一片混乱，只有少数几只红蚂蚁狼狈地逃回了蚁穴。黄蜂看见基基诺后，就朝他刺来。

"完了！"不幸的小白旗皇帝一世对自己说。

当听到黄蜂的哀叫声时，他的精神才振作起来。黄蜂喊着："哎哟，哎约！你怎么这么硬呀？"

这时，基基诺突然想起了身上的铠甲，他知道自己得救了，于是，长长地舒了口气说："亏了这芝麻子壳！"

黄蜂站在基基诺的面前，惊讶地望着他，显得很不安。它反复地检查着螫刺，看看是否损坏了，当它确信自己的武器完好无损后，对基基诺说："对不起，能告诉我，你为什么这么硬吗？"

"哼！"基基诺完全恢复了原状，说，"我一直就这么硬，上学的时候就这样，你相信吗？噢，你是谁？"

"我是一只凶残的黄蜂。"

"那我得对你小心点。"

"别人叫我凶手，也许是因为我们居住在大梁或墙壁的裂缝里，也可能是因为我们对蜘蛛、苍蝇、毛虫、蚂蚁非常无情，不过，它们可不像你这么硬。"

基基诺听后很得意，他说："你听我说，你刺苍蝇、蜘蛛、毛虫还说得过去，可是你可不应该刺蚂蚁，难道你不知道我们差不多还是亲戚？"

基基诺想起可怜的夫世卡曾对自己说过，黄蜂、蜜蜂、马蜂和蚂蚁都属于同一目，也就是说，都属于伟大光荣的膜翅目昆虫。这类昆虫既聪明又厉害。

说到这儿，双方沉默下来，不放心地对视了一阵子，才都变得客气和热情了些。

基基诺上下打量着站在自己面前的这位可怕的入侵者。他发现自己对这只黄蜂很有好感。他想："它虽然是个凶手，但长得挺威风，是一个戴着黄手套的凶手。"

黄蜂穿着一身美丽耀眼的黄外衣，身子细长，充满活力。实际上，它比基基诺还是孩子时看到的黄蜂漂亮得多，因为那时基基诺并没有细心观察过这种昆虫。

想到这里，一阵冲动几乎使基基诺哭了出来，他多么想再看到亲爱的夫世卡啊！他对那只伟大而善良的小昆虫充满着感情。

黄蜂似乎也和气多了，它打破了沉默。

"噢，你看，你看，我们不是亲戚吗？伸出脚掌，咱们握掌和好吧！"

它看到基基诺还有些犹豫，又热情地说："算了，算了，你好像还在生我的气。是不是因为我杀死了蚂蚁？不过，要是没有记错的话，我飞出来的时候，你们姐妹间正在进行着残杀……依我看，姐妹之间的残杀比远亲之间的残杀更不像话呢！"

基基诺说："你讲得有一定道理，再说，要不是你来得及时，她们可能早把我的脑袋给咬下来了……不过，你应该知道，我们蚂蚁可是膜翅目昆虫中数量最多、最聪明、最……"

基基诺还没来得及说出第三个描写蚂蚁的形容词就停下了，因为他看见黄蜂突然飞了起来，迅速地向一条粗粗的毛虫扑去。这条倒霉的毛虫离黄蜂不远。

黄蜂用蜇刺刺了毛虫两下，那只可怜的毛虫马上就停止了悠闲的散步。

"你把它杀了？"基基诺跑上去问。

黄蜂摇摇头，用一种古怪的口气回答说："哪里！这有什么大惊小怪的！"

说着，黄蜂又高兴地飞到了毛虫的背上，抓起这条比它重十倍的毛虫，拖到了一条沙质的小沟旁。在这条小沟的斜坡上，基基诺看见一个椭圆形的洞，洞口被不少小沙子、泥团和干草遮盖着。

看到黄蜂这样的威风、这样的有力，又是这样的勇敢和敏捷，基基诺打心眼儿里佩服它。他跟在黄蜂的后面来到了沟边，看见黄蜂突然骑到毛虫的背上，然后同毛虫一起滚下了沟。

滚到沟底后，黄蜂把毛虫放下，它掸了掸翅膀上的尘土，转身望着站在沟边的基基诺。基基诺本来还以为黄蜂准会被毛虫压坏了呢，便问黄蜂："你被压坏了吗？"

"没有。"黄蜂轻松地说，"干这个还不算累，最累的是把毛虫拖回家去。"

黄蜂指的家就是沟对面斜坡上的洞。

基基诺走下了沟，他以为黄蜂这下子非得要自己帮忙了，便神气地对黄蜂说："我来帮你拖回去吧！"

黄蜂拒绝了，她说："哎哟，我可不敢劳膜翅目昆虫中最强大、最聪明的蚂蚁的大驾，就是再累，我也完全能自己把它拖回去。"

听了这话，基基诺的得意幼儿马上就不翼而飞了。

黄蜂指着洞对基基诺说："你还不如帮我看住这条毛虫，让我先回家收拾一下呢！"

"你怕毛虫跑了？"

"不是怕它跑了。不过，你得看住它，不要让别的昆虫接近，能做到吗？"

"瞧你说的！能。"

黄蜂很高兴，它飞进了洞，而基基诺就留在沟里看着毛虫。

黄蜂刚飞进洞，一只灰苍蝇就飞来了。它停在这条可怜的、光溜溜的毛虫身上，叮着毛虫，干着一种让基基诺摸不着头脑的活儿。

基基诺对苍蝇嚷嚷道："走，快走，这不是你的东西！"苍蝇飞起来，它冷笑了声，然后嘴里发出一声滑稽的嘟哝声："即便不是我的，那也已经是我儿女的了。"

黄蜂回来后，基基诺望了一下毛虫后对它说："一根毫毛也没少。亲爱的朋友，请你告诉我，你是不是要把整条的毛虫都吃掉？"

"吃它？哪里！"

"那么你为什么要把它杀死呢？"

"我并没把它杀死，只是把它麻醉了。你不知道，如果我把它杀死的话，要不了多久，它就会腐烂的。我得把它拖回去放上一段时间。"

"把它放在家里？你要干什么？"

"嗨，这是我儿女的东西。"

基基诺吃惊地叫起来："咦，刚才一只灰苍蝇也是这么说的。"

黄蜂一听，气得朝后退了一步。

"灰苍蝇跟你说这话了？啊，这个流氓……那么这只灰苍蝇是停到了我的毛虫上了？你快说呀！"

"是啊……"基基诺慌得结结巴巴都说不出话来。他不理解黄蜂为什么要发这么大的火，而这件事在他看来是没有什么了不起的。"它只是在毛虫上面停了一会儿，我马上就把它给赶走了。"基基诺补充说。

"哼！强盗！弄到我的头上来了！"黄蜂看着毛虫继续怒吼着，"瞧，这就是它留下的痕迹！我花了这么大的力气把毛虫弄回来，却白为这个坏蛋干了！哼，这个卑鄙的寄生虫，也许它还希望我把毛虫拖回家去好好照料呢！得，这条毛虫肥了它的儿女了……哼，不要脸的！"

黄蜂怒气冲冲地骂个不停，基基诺吓得也不敢打断它的话，只是按紧护身的苎麻子壳，小声地说："天啊，你现在要有空，就把我带走吧！要是它的火发到我身上来，那我恐怕就活不成了。"

二十二、最后的告别

　　过了一会儿，黄蜂的气才慢慢地消了下来，不过它的嘴里仍在不停地嘟哝着："白费力气了！白累了一场！还得从头干起。"

　　"请原谅……"基基诺虽然还很害怕，但是他压抑不住强烈的好奇心，问道："能给我解释一下吗？你的儿女，为什么不能同灰苍蝇的儿女一起，睡在这条可怜的毛虫身上？"

　　"什么！我捉这条毛虫是为我的儿女，而不是为灰苍蝇儿女的！"

　　"那么，你现在为什么又不把这条毛虫拖回家了呢？"

　　"因为灰苍蝇已经替它的儿女把毛虫给抢走了。"

　　"请你耐心地给我解释解释，现在我被弄糊涂了。请问，要是毛虫没被苍蝇叮过的话，你打算怎么办？"

　　"唉，你不知道……好吧，我来告诉你，为什么我不能把这条已被灰苍蝇在身上下了卵的毛虫拖回家去。我们黄蜂猎到某个昆虫后，先把它麻醉，然后再完整地拖回家。拖回家后，我们在昆虫身上产下卵，过一段时间后，这些卵就孵化成了幼虫，懂吗？这些幼虫就是我们的儿女，而这昆虫就是幼虫的食物。幼虫们在母亲为它们准备好的这些昆虫身上吸取营养，一直要生活到吐丝变成蛹，最后它们也会变成像我一样的、有着光泽的成虫。在我们黄蜂中，有的喜欢把卵产在蜘蛛、蟋蟀身上，而我却喜欢把卵产在毛虫身上，因为毛虫肉多。唉，世界上就有那些像灰苍蝇这样的懒汉。它们也是用这种方法繁殖后代的，但它们既没有勇气，也没有力量像我们那样去捉毛虫或蜘蛛。那么，怎么办呢？于是，这些不要脸的家伙，就老是在我们家的附近转来转去，侦察着我们的行动。当它们看到我们为儿女们搬回食物后，就悄悄地像小偷似的在上面产下卵。你看到了吧，要是你不把苍蝇来过的事告诉我，我就会在毛虫身上产卵，而且，我肯定以为我的儿女能在上面生活下去的。但是事情却不是那么简单，在毛虫身上，灰苍蝇的卵要比我们的卵先孵化成幼虫。这样，没等我们的幼虫孵化出来，它们的幼虫就会把毛虫身上的肉吃光的。等我们的幼虫孵化出来后，它们就没有吃的了，就得饿死。你评评理看，这些寄生虫自己不劳动，反而让它们的儿女来享受我们辛辛苦苦为儿女挣来的劳动果实，这不是卑鄙是什么！现在，我必须重新去捉一条毛虫，必须重新把毛虫拖到这儿。不这样做又怎么办呢？父母总是心甘情愿地为儿女们服务的。"

说到这儿，黄蜂的火又上来了。

"再见！"黄蜂大声地说，"除了再去劳动，没有别的办法可以弥补损失了。"

黄蜂恢复了精神，愉快地展开翅膀"嗡嗡"地飞走了。基基诺在它的后面大声地喊着："再见，亲爱的黄蜂！"

基基诺现在对黄蜂真的有好感了。不错，它是一个凶手，它猎物的方法简直可以算得上凶残，但是，它又不是凶手，也不凶残，它是为了儿女才这样的，这就像灰苍蝇为自己儿女的生存甘心当小偷一样。它们——黄蜂和灰苍蝇，一个勇敢、强壮，为了自己的儿女去杀死别的昆虫；一个怯懦、弱小，为了同样的目的，去偷强盗抢来的果实。

基基诺理解了一点：一切昆虫的崇高目的永远是为了儿女们，为了使卵孵化，使幼虫得到食物，保护它们不坠入任何陷阱，保证它们能健康地成长，继续繁殖后代，延续生命，它们甚至不惜去当凶手或骗子。

基基诺想起了自己脱茧后受到的关怀，想到自己一出世就受到的细心照料，非常怀念夫世卡。可是她已经死了，是自己的过错导致她死的。

他不知不觉地陷入回忆之中，走上了斜坡，朝蚁穴走去。这蚁穴曾经是他甜蜜而温暖的家，也是他遇到不幸的地方。

走着走着，基基诺忽然看见两只蚂蚁正在吃力地拖着两颗南瓜子，不觉心情轻松了许多。

"喂，不认识我啦？"他激动地叫着这两只蚂蚁。

这是基基诺的两个老同伴。

两只蚂蚁停下来，问："你在干什么？"

"唉，我在过流亡生活。其他伙伴呢？你们在干什么？这南瓜子搬到哪儿去？"

"我们把它们搬到家里去，我们在为主人干活。"

"怎么？你们有主人了？那你们还称它为家？"

"是的，我们为主人服务是命中注定的了，不过，只要侍候好她们并辛勤地劳动，我们还可以有自己的家。天不早了，我们该回去了，再见！"

听到两只蚂蚁这么说，基基诺十分瞧不起她们。他学着她们的腔调，以轻蔑的口吻朝她们说："奴才……"

基基诺继续朝前走着，他并未想到，正是他的野心，才使自己的姐妹沦为奴隶。不过，我们也应该为基基诺说句公道话，此刻，他脑子里正被一种高尚的思想支配着。

他这边看看，那边望望，好像在找什么东西。突然，他在离蚁穴不远的地方停下了。因为他听到了一种奇怪的好像谁在嚼骨头的声音。

他朝着发声的方向走去，不由得发出了愤怒的可怕的吼声。

"你们这些卑鄙的家伙！难道蚂蚁中也有你们这样的豺

狼和禽兽吗？"

原来，基基诺看到三只蚂蚁正在狼吞虎咽地吃着自己姐妹的尸体。

事实上，确实有一种蚂蚁是专门吃死蚂蚁的，虽然为数极少，但却玷污了在昆虫世界享有盛誉的蚂蚁的名声。

基基诺干得很漂亮，他冲向这三只正在大吃大喝的蚂蚁，趁着她们惊魂未定，一个个地把她们杀死了。

基基诺看着躺在自己面前的旧时同伴，心中极其悲痛，他痛苦地说："饶恕我吧！饶恕我吧！"

接着，他把尸体一具一具地搬到了远处的墓地，整齐地把她们安放好，然后又专门为夫世卡和老教授的尸体找了个地方。他怀着悲痛怜悯的心情，把她们的脑袋和身体合到了一起。

在离开墓地前，基基诺多么想再一次地拥抱曾经是自己慈爱的保姆的夫世卡啊。他悲伤地低语："啊，夫世卡，我亲爱的……如果在蚂蚁中也用墓碑的话，我要为你立一块使大家都能看得见的、美丽而高大的墓碑。在碑上，我要用金色的大字刻上：'献给我最亲爱的蚂蚁妈妈。'"

二十三、从橡树球里钻出来的秘书

现在基基诺该干什么了呢？

这连正要起步走的基基诺自己，都不知道如何回答。

孤身一人，没有家庭，没有朋友，这就是基基诺这个可怜的小蚂蚁凄凉的处境。而不久以前，他还是受大家拥戴的蚂蚁王国的第一个皇帝！

基基诺不由得想起拿破仑一世，他不也曾被流放到圣赫勒拿岛上吗？

不过，对基基诺来说，他的遭遇是无法同拿破仑相比的。当他过沟的时候，顺便望了一下黄蜂的家，看到那个洞外已经垒起了屏障，不由得忧愁地说："唉，谁都有个家，可我连个过夜的洞都没有！"

这时，突然有个念头，又使他充满了喜悦和希望："我还是有家的……在那个家里，有我的妈妈，还有托马索舅舅！唉，要是我能找到家就好了！"

想法是不错的，可是当他考虑如何实现它时，眼前就出现了成堆的问题。他忧愁地叹息说："这只是一个疯子的痴想……根本实现不了。我是一只可怜的蚂蚁，我是这么小，对我来说，每一棵草都是一棵树，每一片灌木都是一片森林，一颗小石子就是一块巨石，一块土就是一座山。再说，我也不知道家在哪个方向，不知道怎么走才好。"

他垂头丧气无目的地走着，走着走着，来到了一棵巨大的橡树下。

他想："要是爬到树顶上去呢？对，说不定能在上面看清家在什么方向。"

在这种思想的鼓舞下，基基诺使出了吃奶的劲朝上爬。要知道，他已经有很长时间没吃东西了。

他爬一段就停下来，朝四周望望，什么也看不见，便又继续往上爬，一直爬到了一片长在最高处的叶子上。这时，他又朝周围望了望，眼前仍然是一片模糊。他这才明白，蚂蚁的眼睛是看不远的。

基基诺看不见家在哪个方向，很是着急。忽然，有一种奇怪的响声引起了他的注意。这响声离他很近，而且就是从他待的那片叶子里发出来的。

他注意观察，看到有个鼓起来的浅红色的小球，隐藏在树叶里面。基基诺想起来了，当他还是孩子时，经常在野外玩这些小球。

基基诺爬到这鼓起来的小球上面，听到里面发出细微的响声，就像是谁在用一根细细的钻头钻硬木，比如说钻黄杨木时发出的响声。

基基诺围着这鼓鼓的东西转来转去，仔细地观察，虽然什么也没找到，但他肯定小球里一定藏有什么秘密。他正琢磨着，身后突然传来了细弱的声音："终于出来啦！"

基基诺转过身来，看见一个小脑袋正从小球里钻出来。这个小脑袋转来转去，好奇地望着自己的四周。

"世界多么美丽啊！"微小的声音高兴得带点颤抖。接着，从洞里又伸出了两只爪子，紧紧地抓住洞边，只见它那么轻轻地一跃，小身体就全出了洞。这是一个黑色的小昆虫，只有两毫米长，头上竖着两个触角，背上长着一对容易被人忽视的、纤细的翅膀。

"嘿，一只小苍蝇！"基基诺说。

"对不起，我可不是小苍蝇，我是一只瘿蜂。"小昆虫回答。

"瘿蜂？"

"是的，属于膜翅目昆虫。"

"那么，亲爱的瘿蜂，你是我的远房亲戚了。看在亲戚的份儿上，能告诉我，你是怎么钻进这个小球里去的吗？"

"怎么钻进去的？我根本就没有钻进去过，我只不过是从里面钻出来罢了……"

基基诺望着它，很惊讶地说："又是一件新鲜事，不钻进去又怎么会从里面钻出来呢？"

"我们瘿蜂就是这样的。妈妈把卵产到橡树叶里，它先把产卵器戳进叶子，然后在里面产卵。橡树叶子上的伤口能重新愈合，愈合后就鼓成了个瘤子，或者说鼓成了一个小球。这瘤子或者说小球吸收着树汁，继续长着。卵在球里孵化成了幼虫，吃着树汁，并把球当作自己的家。我们待在球里很安全，在里面变成蛹，再变成成虫……变成成虫后，就开始从球里往外挖孔，为自己打开一条通道，最后，就像我刚才那样，从孔里钻出来了。不过，我得告诉你，在里面要用嘴啃。"

"那这个小球一定是很硬的啰？"

"你进去看看就明白了。"

基基诺二话没说，马上就从瘿蜂打开的洞钻进了小球。在球里面，我们的基基诺才对他的新朋友为钻这个洞所付出的艰辛劳动，有了一个确切的概念。

待在小球里，就像待在一间小屋子里一样。屋子的四壁是由一种很结实的物质砌成的，这种物质比外面的壳更硬，硬得就跟樱桃核一样。

基基诺佩服得不得了，他说："你能凿通这么硬的墙壁，真了不起。"

"谢谢你……你知道我现在是多么高兴啊！在球里关着的滋味也是不好受的，懂吗？不过我们也知道，终有一天我们会从这球里出去，会长上翅膀在空中飞翔……嗨！现在真是一个伟大的时刻，喜悦弥补了我枯燥的长期被囚禁的生活。"

基基诺难过地说:"你真幸运,唉,要是我也长出翅膀就好了。"

这时,他忽然想到一个主意,这主意使他在迷茫中受到了鼓舞。他怀着焦急的心情走近年轻的瘿蜂,对它说:"我的朋友,我现在非常需要你……请你,请你……唉,你才刚出生。好吧,我明说了吧,我请你帮我做一件事……我永远也不会忘记你的……你肯不肯?"

"请原谅,你刚才说了那么多,可是我一点都不明白你想说什么。"

"你说得对,是这样的:我想找一栋人居住的房子,这栋房子的墙上攀着葡萄藤,你飞一圈,也许可以看到它的。"

"唉,我刚来到这世界上,怎么能认得你说的那栋房子呢?"

瘿蜂说得也是。于是,基基诺反复地向这位年轻的朋友介绍他家大致的情况。当他看到瘿蜂似乎明白了,就说:"你长着翅膀,可以飞到东,飞到西。无论你找到或没找到那栋我必须要找的房子,都请你回来告诉我一声,好吗?"

"好,我是多么渴望用翅膀飞一下啊……"

瘿蜂离开橡树飞走了。小白旗皇帝一世又朝它喊着:"要是你找到了那栋房子,我就让你当我的特别秘书!"

二十四、在"妈妈的路"上

基基诺在树叶子上等了多长时间呢？

他自己也说不清楚。因为他没有表来计算时间。不过，对他来说，足足像是等了一个世纪。当他看到瘿蜂终于飞回来时，迫不及待地问："怎么样？找到了没有？"

瘿蜂停在另一片橡树叶子上，它说："我想，我大概是发现那栋跟你讲得差不多的房子了。"

"是吗？真的？离这儿远吗？在这个方向还是在那个方向？你快说呀！"

"哎，不要那么着急嘛，我们这是在橡树叶子上！……你看，我见到的那栋房子，就在这张叶子尖指的方向那边。"

"是吗？这个方向？那好！"

"肯定不会错的，是在这个方向上。"

基基诺朝着叶子尖所指的方向望了望，兴奋地说："我的瘿蜂，我是多么感激你啊！现在我要走了……我们今后还会见面的，对吗？"

基基诺拥抱着瘿蜂，告别了他的朋友，慢慢地顺着原路下了橡树。

"慢慢地？"我的小读者一定要问了，"为什么？既然基基诺那么渴望回家，为什么又慢慢地走呢？"

我马上来回答你们。基基诺慢慢地走正是为了快走。你们要知道，有些孩子，尽管他们有着良好的愿望，但做事总是毛毛躁躁的。我举个例子，某人叫他们去某个地方，他们迫不及待地回答说："我马上就去。"结果，刚走了一半路又得顺原路回来，为什么呢？因为刚才头脑一时发热，忘了问该朝哪个方向走了。

因此，你们要记住，做事情总是"欲速则不达"的。

基基诺在当孩子时，做什么事都是一阵风，从不动脑子想一下，该怎么做更好。变成蚂蚁后他才明白，必须稳重，才能把事情做得更好更快。所以，他下树时不是匆匆忙忙，而是慢慢地下来，下树时还不时地转过身子看看，估算着自己的步子，计算已经走了多少路了。这只有极小极小的蚂蚁，才能精确地算出来。

基基诺下了树后，又抬起头朝自己刚才站的那片叶子望了望，看准了方向才起步。

蚂蚁有一种识别方向的特殊本领，能记住极微小的标志，甚至能记住一些看都看不见的标志。

基基诺下了树后感到有些遗憾，因为下树花去了他许多时间。

上路后，基基诺为没有路牌子感到很不方便，他感叹地说："真见鬼，昆虫们在路上怎么也不插路牌子！"

就在此时，基基诺的脑子里钻出了一个会把世界上的昆虫都弄糊涂的想法，他对自己说："这条路，我把它取名为'妈妈的路'。"这美好的想法，能使他旅途顺利！

太阳已经西下了，基基诺走在路上，看到周围的各种昆虫都在忙忙碌碌，它们都是赶着回家的。

"我也在朝我的家走去。"基基诺想。

这个包含着许许多多回忆和希望的想法，使得他精神振奋。他感到旅途并不是那么危险，回家的希望也不是那么渺茫，他忘记了疲劳，肚子也不感觉饿了。

突然，他的思路被身边的一种格斗声打断了。从听到的痛苦的怨声和嘶哑的威胁声来判断，这是一场可怕的生死搏斗。

基基诺一转身，看见一只黄蜂（基基诺已经有点昆虫方面的知识了），正在用蜇刺刺着一只可怜的蟋蟀，蟋蟀拼命地挣扎着，叫着。

黄蜂正准备用它锋利的蜇刺，刺进蟋蟀的胸腔时，突然停住了，因为它听到了一声喊叫："住手！"

这是基基诺的声音。他这一喊算是救了蟋蟀的命，因为黄蜂被喊声一惊，放慢了进刺的速度。在这一刹那间，蟋蟀一下子就跳进一个洞里跑掉了。

黄蜂看到到手的蟋蟀从鼻子尖下面溜走了，便发狂地朝基基诺扑来。不过，情况跟上次一样，它的蜇刺刺在了基基诺用来护身的苎麻子壳上。

基基诺笑着说："亲爱的黄蜂，这一次可丢脸了。"

黄蜂说："你为什么管我的事？我家里已经抓到了三只蟋蟀，就差这一只了。都是你，把它放跑了。"

"噢，你有了三只还嫌不够？"

"不够，我产卵需要四只，要不然的话，我的幼虫就没有足够的食物吃。现在倒好，由于你的捣乱，弄得我还要去寻一只来。"

"你知道，我刚才看到那只蟋蟀很可怜，才想救它。凭你的本事，你不用花多大劲就能再捉到一只。好了，好了，我向你道歉还不成？"

基基诺继续赶着路，刚才的小插曲一点也没使他偏离回家的方向。基基诺想："应该承认，这个凶手黄蜂的力量实在是惊人的，要不是我的话，那只蟋蟀早就完了。不过，谁又能相信我的朋友瘿蜂虽然长得那么小，竟然能把一个硬球给咬出个洞来呢！"

基基诺不知疲倦地赶着路，他强烈地希望自己已经走出一半的路了。其实不然，"妈妈的路"还长着呢！

走着走着，基基诺又遇到了另外一只昆虫。这只昆虫也在赶路，但它赶路的方式却很怪。

这也是一只样子很威风的昆虫，它身子长长细细的，颜色是灰褐色的，胸口和头上隐隐约约能看到一些黄色的斑点。它长着两副美丽轻巧的翅膀，能准确地从一棵树飞到另一棵树上。它的样子好像是在找什么东西但又没找到似的。

"啊，亲爱的蜻蜓，我要是也有两副像你那样的翅膀就好了！"基基诺抬头对它说。

那只昆虫张着翅膀，用鼓鼓的眼睛望了望基基诺，笑着说："我可不是蜻蜓！"

"那你是什么呢？"基基诺停下了步子。

"我？我同你是亲戚。"

"那好啊，这样，我们可以像老朋友一样相处了。"

"是这样的！"昆虫回答时的口气有点滑稽。它飞到一棵草上，不断观察着周围的环境，好像是在研究自己所处的地形。

基基诺走近它，准备问它问题。正在这时候，他看到昆虫紧紧地抓住草，弯曲着细长的身子，翅膀不断地拍打着，全身的每个部分都在颤抖。

"它可能是痉挛了？"基基诺认为这样的全身颤抖就是痉挛。

基基诺马上又想到："要真是这样还不好办呢！这条路上连一家药店都没有，否则倒可以买点香醋来替它治治。"

二十五、神秘的小船

经过了一阵剧烈的颤抖，长着翅膀的昆虫似乎恢复了常态，身子也舒展了。基基诺看到它在身后的草叶子上产下了一堆卵。这些卵只有三毫米那么长，是黄色的，中间较粗的部分有点发红。

"好了！我也没有多少时间可活了，但我的儿女却能把生命延续下去，能活很长很长的时间！"神秘的昆虫看着自己的卵满意地说。

基基诺感动得说不出话来，只是发出了一声感叹："你是一个多好的妈妈呀！"

昆虫却用那种滑稽的腔调说："也许对你来讲，我最好不是这样。"

"我不明白你的话是什么意思。还有，你能不能告诉我，你不是蜻蜓是什么？"

"我只是说，我是非常喜欢蚂蚁的，不知道蚂蚁是否像我喜欢她们那样喜欢我。"

接着，它又发出了一阵滑稽的大笑，继续说："你还是快走吧，我得留在这儿看着我的儿女们，我希望它们在生活中能遇到许多像你这样的蚂蚁，老实说，我觉得你是一只特别的蚂蚁！"

基基诺觉得这只昆虫很不讨人喜欢，它最后说的那几句恭维话，似乎含义有些古怪。于是，他连句"再见"都没说，就继续赶路了。

他默默地走着，不过心里老在琢磨那几句话。走了一段路后，基基诺听见背后传来的说话声："你真想知道我是谁吗？"

基基诺猛一转身，发现那只被自己叫作"蜻蜓"的昆虫，正停在一棵树的树叶子上。

"现在离我的卵远了，你也找不到它们了。我可以告诉你，我是狮蚁！你害怕了吧？"

基基诺笑了。

狮蚁以吓人的语调和做戏的表情说出的这个名字，使得我们的英雄反倒高兴起来。在告别它时，基基诺用那种惯用的不客气的语调说："太对不起了，原谅我刚才不认识你。不过，虎蚁夫人、豹蚁夫人、河马蚁夫人，我劝你还是当心你产的卵里面的小狮子，有时，它们会用爪子把卵的壳给抓破的！"

在同狮蚁嬉闹了一阵后，基基诺承认，自己有点厌恶狮蚁这种昆虫。他模模糊糊地记起来了，在蚁穴度过的那些日子里，老蚂蚁经常对小蚂蚁说："当心狮蚁！"

亲爱的小读者们，稍后，你们将会看到，我们这位流亡的皇帝是怎么从这只狮蚁的话里找到神秘的答案的。

基基诺向前走着，一点也没有偏离通向他家的方向。他走了许久，突然，被一道障碍挡住了去路，这对充满希望的基基诺简直是当头一棒。

所谓障碍，实际上是一个小水塘，对于人来说只要一跃就能过去，但是，对于一只蚂蚁来说，却是一个无边无际的湖。

怎么办呢？怎么才能不偏离方向地到达对岸，继续沿着瘿蜂给他指出的方向走下去呢？

唯一的办法是笔直地从湖上渡过去，可怎么渡呢？要是到不了湖的对岸，还有别的什么办法回家吗？

落日的余晖把湖水映得通红。基基诺忧虑地望着这个大湖，怎么也想不出办法来。

"不知道蚂蚁会不会游泳？不过，不会游泳又有什么关系？为了回到妈妈的身边，就是淹死也值得！"

他翻过了面前的一个草丛，来到了湖边，正想朝水里跳，却发现一只六条橹的船，正向自己漂来。这只船上甚至还有一个可以坐人的甲板。

这只船像是故意等着基基诺一样，立刻把他从死亡的危险中解救出来。

正如你们知道的，基基诺一向做事都很果断。他毫不犹豫地决定乘小船渡湖。但是，船离岸还有一段距离。怎么办呢？他左思右想，终于想出了一个既不用冒淹死的危险，也不会弄湿身子的好办法。

　　他爬到岸边的一棵草尖上，当叶子弯得快接近水面时，便稍微荡了一下，纵身跳到那只船的黄色甲板上。

　　"现在我可以用劲划橹了。"基基诺说着就伸腿去抓橹。谁知完全没有必要。

　　神秘的小船似乎不用别人使劲，后面的两条橹就自动张开了。在一种神奇力量的推动下，橹用力在水中一划，船就快速地离开了岸边。

二十六、乘汽艇过湖，骑着马上岸

"这是一只蒸汽艇！"基基诺说。

"蒸汽艇"以一种特别快的速度行驶着，这使基基诺感到有些意外。

船的两条长橹猛烈而有节奏地划着。基基诺认为橹里一定装着一个弹性很大的弹簧，而船里肯定也装着一只巨大的锅炉。

我们的英雄乘的这条船，也的确像只袖珍型的小汽艇。基基诺还看到周围的水面上，有一些神秘的、形状古怪的船，在时浮时潜。

"看来，这湖里真有一支舰队！"基基诺想。

这时，他把自己要争取到达的神圣目的地抛在了一边，做起了雄心勃勃的梦。他梦想着自己成了一个令人生畏的海军将军，梦想着不久就要参加各种海战，在这些海战中，自然总是他击沉敌舰。

怀着这种美妙的幻想，基基诺在甲板上踱来踱去。忽然他发现甲板上冒出了许多细小的管子，一根挨着一根。基基诺停止了踱步，说："我明白了，这都是些喇叭。"

基基诺仔细地观察了一番，看到管子的上面都张着口，于是朝管口大喊："司炉、司机，注意！"

一个声音回答："咦！……谁在上面？"

"是我，海军将军基基诺！你们都给我出来！"

那个神秘的声音沉默了一下，然后说："出来？为什么？我看还是下去的好。"

说着，两条橹立刻伸展开来，接着，一阵猛划，没等基基诺说上那句"嘿，这是一艘潜水艇"，船就钻进了湖中。

基基诺没命地去抓那些在他看来传话效果很差的管子，可是，又有什么用处呢？

基基诺沉到了水里，连喝了十来口水。他拼命地挣扎，想使自己浮出水面。但是，力气用完了。他松开了管子，闭上了眼睛，只来得及祷告似的说了句："我的妈！"

突然，一个黑影从他的上面经过。

基基诺伸开腿，觉得碰上了什么东西，就拼命地游了几下，抓住了那个黑影。这时，黑影子说："咦？谁在抓我的腿？"

听黑影子这么一说，可怜的遇难者又恢复了勇气和果断。他想："这是谁的腿？……啊！可能是一只在水中散步的'船'的腿，我一定得抓住它！"

基基诺顺着腿往上爬。这条腿又黑又长，敏捷而有力，没几下子就划出了水面。这时，基基诺正好爬到了这位怪物的背上。只听那怪物说："是谁趴在我的背上？"

"是我。"基基诺骑上了它的背，说，"也就是说，一只长着一副非常厉害的双颚的蚂蚁，正趴在你背上。他请你把他驮到岸上去。"

基基诺用命令的口气说话，表明他决心已下，不管你答应还是不答应，你这个在水里悠闲散步的怪物都得把我驮上岸去。

怪物顺从地朝岸边游去，基基诺便在背上好奇地打量着这只水中的怪物。

这是一只灰色的昆虫，身体细长，头占了身体的三分之一。它也长着一对长长的触角，六条腿特别长，伸直的话可以伸得离身体很远。

"你的腿真有劲！"我们的英雄以友好的口气说，"你真行，还能像潜水艇一样在水下行走。对不起，能告诉我你叫什

么吗？"

"我是一只水黾，"那昆虫得意地说，"我们还长着翅膀，尽管没有用处。"

说着，它轻轻地把一对灰色的轻巧的翅膀打开，它们是藏在一个黑色的像皮革一样的盖子下面的。

这位古怪的水中旅客又接着说："我不算什么，在水中昆虫里还有比我更能干的。它们能在流水中行进，甚至能在热带的海里漫游。"

基基诺看到这只水黾很讨人喜欢，想起刚才抓住它腿时话说得太粗鲁，便向它道歉。这样，两个昆虫间的关系渐渐地融洽了。基基诺从头到尾对它讲了自己落水的经过，也详细地描述了那只把他带进水中的迷人的小船。

水黾想了一下，回答："那是仰泳蝽！"

"啊，这就是那只神秘的'船'的名字？"

"是的。它是我们同目中的一种昆虫，跟我们一样，是生活在水塘中的。有所不同的是，我一般浮在水面上，而它喜欢在泥里同另外一些昆虫进行激烈的搏斗，并用它那可怕的、有毒的嘴咬死它们。它经常浮到水面上，浮在水面上时习惯肚子朝上，仰天躺着。它的胸部是黄色的，肚子上长着许多毛，六条腿舒展着。它的两条后腿最长，是用来当橹的。准确地说，它浮到水面上来是为了呼吸。它肚子上的毛，也就是你紧紧抓住的小管子，正是用来储备空气的。"

"你说什么?"基基诺惊讶极了。

"就是这样的。要是你知道仰泳蝽的翅膀比我更有劲,能在空中飞的话,你会更惊奇的。"水黾说。

"这种昆虫实在太能干了!"基基诺羡慕不已。

说着说着,水黾游到了岸边。基基诺上了岸,对它说:"亲爱的水黾,你帮助了我,我永远不会忘记你,你是属于哪一目的昆虫?"

"我属于半翅目。"

"那好,替我祝愿所有的半翅目昆虫。不过,要是你遇到仰泳蝽的话,请你告诉它,它那样对待旅客可不好!"

水黾笑了,它转身灵巧地离开了岸边。

基基诺望着它,看着这个昆虫细长的腿轻掠着水面,渐渐地消失在湖中。

基基诺望了望四周,忧虑地叹着气,他问自己:"现在我该怎么办呢?"

二十七、在熊蜂中间

现在我们可怜的流浪者又该怎么办呢？

他，孤独一人，在一个陌生的地方，也不知道该朝哪个方向走了。自从掉进湖里后，他已经弄不清方向了。至于现在站的地方，是不是出发前想要到达的对岸，也毫无把握。

那么，是不是想法子回到渡湖前的老地方去？

基基诺想："还是尽快先找个过夜的地方才是！"

他在附近转了很久，终于在一个土堆上发现了一个洞，便慢慢地走进洞里。他一边用触角探着路，一边准备用双颚应付任何可能发生的意外。

这是一条弯弯曲曲、又宽又长的地道。

突然，从这条蜿蜒曲折的地道深处，传过来一种低沉的奏鸣声。它唤起了基基诺对儿时的回忆……

他自言自语地说："毫无疑问，这里住着一位拉低音琴的教授。"

紧接着，第二把、第三把、第四把、第五把低音琴也都开始演奏了，在漆黑的拱形的地洞里，组成了一曲深沉庄严的和声。基基诺暗想:"何止是一位教授,这里简直就是一座音乐学院!"

雄浑动听的低音合奏刚停,基基诺就情不自禁地喝彩道:"太棒了,演奏得太棒了!……再来一个!"

地道里先是一阵沉默,接着,那些受尊敬的教授先像调弦一样发出了几个短音,然后,用低沉的声音问:"谁在那儿?"

基基诺听到问话的语气很和气,而且像音乐般悦耳,就走上前去,用同样亲切的口吻回答:"是我,一个小小的、可怜的蚂蚁。尊敬的主人们,请你们给我一个地方过夜。"

一个低沉、庄严的声音说:"过来。"

我们的流浪者用触角探着路,朝前走着。不一会儿,他的触角同正在寻找客人的触角相遇了。

看来,对方研究后的决定,对基基诺很有利。刚才那个让基基诺"过来"的声音又响了起来:"你找个地方休息吧!不要害怕,熊蜂永远是好客的。"

基基诺从内心感激它们。他找了一个角落,尽情地舒展着他那又累又乏的腿。

整个夜间,我们的英雄都在欣赏着低音琴的合奏,此外,他还发现地道里不断有走来走去沉重的脚步声,并夹杂着主人们的嘟哝声。

亲爱的小读者们，你们可以想象一下，我们的基基诺是多么希望马上就天亮，以便能看看这些教授究竟长什么样子。

天终于亮了，一束晨光从洞口透进了地道。这时，基基诺看见周围有许多长得粗壮矮胖的昆虫。这些昆虫从触角到腹部，周身都长满了毛；除胸口有一块黄斑点外，全身都是黑色的。它们也像蜜蜂一样长着翅膀。

基基诺想："这真是一群黑熊！"

这些昆虫长得虽然很丑，却个个性情温和，彬彬有礼。它们对自己的子女非常关心，对大家庭也都充满感情。它们从早到晚都在不知疲倦地劳动着，吮吸着花蜜，把采来的花蜜带回家喂自己的幼虫。

熊蜂们并不是艺术家，它们专找那些被老鼠或鼹鼠遗弃的洞，把它们修成自己的巢。如果说，它们的家缺少点艺术的话，这缺陷已被彼此间和谐的关系所弥补。在它们小小的社会中，大家都热爱劳动，过着平凡而正直的生活。

它们是些心地善良的昆虫，彼此间总是在嘟哝中达成协议。尽管它们生得矮小粗黑，其貌不扬，但是对别的昆虫却很热情。这就同"人不可貌相"一样，人们中也有些人外貌长得丑，但内心却是高尚和慷慨的。

基基诺很快就跟正直的主人们相处得很好，并发现了它们有许多长处，其中最突出的一点就是同情遭遇不幸的昆虫。

基基诺正准备感谢熊蜂们对自己的热情款待，一只长着翅膀，全身也是黑黑的、毛茸茸的、有点像熊蜂的昆虫来到了洞口，从它说话的声调来看，却又不属于熊蜂家族。

它哭哭啼啼地对熊蜂们说："可怜可怜我这个失业的泥水匠，给点吃的吧！"

接着它讲了自己值得同情的遭遇。它是一只泥水匠蜂，花了整整两天的时间在一家人家的墙上筑起了一个巢，可是，另外一只泥水匠蜂却要强占它的劳动果实。在一场激烈的搏斗中，蜂巢的合法主人被打败了，被赶出了自己的家。

这只可怜的小昆虫很悲伤，难过得就连采点蜜的力气都没有了，因此，它来到了以慈善闻名的熊蜂这儿来要点吃的。

好心的熊蜂很同情它，马上就拿来丰盛的食物。基基诺也高兴地跟着吃起来。他的肚子早就咕噜咕噜叫了，这种叫声就像熊蜂们在自己肚子里演奏一样。

吃完饭后，大家都出了洞。泥水匠蜂感谢主人后正准备走，却被基基诺叫住了。基基诺非常同情它的不幸遭遇，对它说："请等一下，你受了欺侮，也许我能帮你把那个强占你家的坏蛋赶走。"

他回想起妈妈经常对自己说过的那些话。妈妈说："每一个正直的人都应该帮助弱者。当弱者受到欺侮时，就应该不惜任何代价，同恃强凌弱的行为进行斗争，以伸张正义。”

基基诺问："你那被强占去的家在哪儿？"

泥水匠蜂摇摇头说："我用蜇刺都打不过它，你更胜不了它。谢谢你，善良的蚂蚁，我的巢离这里很远，筑在一家人家的墙上。那栋房子很容易辨认，因为院子两头屋檐下种着两棵葡萄树。"说完，泥水匠蜂又指给基基诺看那栋房子的方向。

基基诺激动极了，他焦急地问："是萨拉马纳葡萄吗？"可惜泥水匠蜂没听完他的话就飞走了。

二十八、回到自己的家

那葡萄树正是萨拉马纳葡萄树，那只泥水匠蜂筑巢的房子，正是基基诺的家。

出于伸张正义的目的，基基诺问泥水匠蜂的巢筑在哪里，结果他的好心却意外地得到了报偿。

基基诺告别熊蜂时对它们说："我走了，我衷心地感谢你们。你们是些非常善良的昆虫，你们不知道，你们的善良给不幸的人带来了多少安慰啊！你们同情和帮助泥水匠蜂，也给我带来了无限的幸福，这就使我要加倍地感谢你们。"

基基诺说的的确是事实，善良会产生奇迹。

基基诺满怀信心地踏上了泥水匠蜂给他指的路，大踏步地走着。

他一路上都很顺利，几乎没遇到什么困难。在走了将近一天以后，基基诺终于走到了自己的家门口。

这确实是他的家。我亲爱的小读者们，我都不知道怎么来给你们描绘基基诺爬上那两级台阶时激动的心情。那天，在他没变成蚂蚁之前，他手里拿着拉丁文语法书，同哥哥和姐姐一道，也是从这两级台阶上走下来的。

"马乌里齐奥和焦基娅现在在哪儿？"

他想起了哥哥和姐姐，不知道他们现在怎样了。

"进了家以后，说不定能得到点关于他们的消息呢！"基基诺想。

不过，这时基基诺最强烈的愿望不是进家门，而是要履行自己的诺言，帮泥水匠蜂夺回它的家。

基基诺没忙着进家门，而是爬上了关上的门，又从门上爬到朝阳的一面墙上寻找着泥水匠蜂的巢。

他找着找着，在靠近屋顶的地方，发现了一个巢，他以为这就是泥水匠蜂的巢了。巢是用泥土筑成的，筑在屋顶下一个弯筒的外边。这时，基基诺看见一只长着翅膀的昆虫急急忙忙地朝巢里钻，胸前有一只被它紧紧抓住的蝴蝶。

基基诺朝巢里高喊："喂，给我出来！"

他的话音未落，巢里就立刻传出了愤怒的嗡嗡声，只见一只只发怒的居民争先恐后地从坚固的巢里拥出来。

基基诺一看情况不妙，急忙躲到了一边。还好，那些由于发怒而冲昏了头脑的蜂，倒没想到这是基基诺干的。它们嗡嗡地吼着，进进出出蜂巢好几次，最后才算了事。

基基诺遇到的这个蜂巢是壁蜂的巢，这种壁蜂非常厉害，而且性情多疑、易怒。

我们的英雄在墙上继续找着，一会儿，他又看到了一个巢。这个巢跟刚才的壁蜂巢不一样，它的外表像是一团粘在墙上的泥巴。基基诺走近一看，这正是那只泥水匠蜂讲的巢。他把脑袋先伸进巢里，听到里面有嗡嗡声。

这次，基基诺张大了双颚，耐心地等在巢门口。

太阳已经落山了，但基基诺仍然忠于自己的诺言，在蜂巢外等着。他准备在强盗一露头时，立刻将它逮住。

等了一会儿后，基基诺听到巢里的嗡嗡声离自己越来越近，他知道这个蛮横的强盗快出来了。当强盗终于露面时，基基诺立刻朝它扑去，用双颚咬住了它的脑袋，并用腿踩住了强盗的翅膀，使强盗不能动弹。这时，基基诺嘲笑它说："实在对不起，我是来讨房租的。"

这只泥水匠蜂企图用它的蜇刺来反抗，但基基诺一下子就把它咬断了。他大声地说："你想干什么？我看你还有什么武器？"

解除了强盗的武装后，基基诺放开了它，并以鄙视的口气对它说："滚吧！我不想在这块地方再见到你！你应该感谢我解除了你当强盗的武装！"

这只强盗蜂连哼都没敢哼一声，就急忙地飞走了。这时，基基诺听到了一个声音在喊自己。

"我的蚂蚁，让我拥抱你！"

说话的是蜂巢合法的主人。离开了熊蜂后，它又来到了这里。它听见了刚才基基诺的吼声，看到了刚才发生的一切。

基基诺对它说："现在请你进自己的家吧！你不要害怕，那个强盗再也不敢来抢夺你的劳动果实了。"

基基诺说完，顺着墙下了地，走到了自己的家门口。

我们的小读者们要流口水了，会说："那么，萨拉马纳葡萄呢？"

应该说句老实话，萨拉马纳葡萄虽然还有，但这次基基诺却连想都没想要尝一口。在热情地帮助了泥水匠蜂后，他唯一的愿望就是快进自己的家门。

二十九、没有钥匙是多么难进家门

"啊，终于到家了！"前蚂蚁皇帝激动地说，"现在，我可以说是到了我的家了。"

但是，你们知道，我们朋友的缺点是把事情想得太简单了。这一次也是这样，尽管他只有蚂蚁大小，但他马上就发现进家门也不是件容易的事情。

门关得严严的，基基诺怎么也找不到一点进门的空隙。

他想从锁孔里爬进去，但也不行，因为锁孔里面被黄铜片闩死了。基基诺在锁里转了老半天，只好又爬了出来。

他顺墙爬到了窗子上，看看是否能在那儿找到个进去的地方，但是，窗也关得严严的。

基基诺想："已经到了这个时候了，家里人肯定都睡觉了。"

他垂头丧气地在门口转来转去。这个梦想成为大人物的基基诺，头一次希望自己变得比现在更小一点。

在月光下，基基诺发现门上有一个虫蛀的小孔。他想："试试看，也许能从这条路进家门。"

由于孔很小很小，还是钻不进去，于是基基诺就用双颚啃掉了一点孔的边，这才爬了进去。

他在孔里走着走着，发现越朝里走，里面的路越宽，行走起来也容易多了。这是一条漆黑的、拐弯抹角的隧道，隧道时而向上拐，时而往下伸，而且里面净是些粉末状的东西，显然，是住在里面的神秘居民啃的。

基基诺想："天知道是谁没事到我家门里来啃木头玩。"他继续往前走，总是用触角探着路，以防发生什么意外。走着走着，他被一个软东西挡住了去路。

同时，他又听到黑暗的隧道里响起了一个声音："哎，是谁在后面碰我？"

这时，基基诺灵机一动。

他想："这位先生后面是软的，那脑袋一定很硬，要不然就无法在我家的门里啃出条道来。我得在他转身之前跟他先说好条件，否则他咬起我来，我可受不了。"

他用身上剩下的四条腿抓住了这个昆虫柔软的身体，用双颚轻轻地咬了他一下，说："实在对不起，让你不舒服了。"

"哎，你这是想杀我吗？"

"这是可能的。不过，你要相信……不管怎么说，我是不高兴的，因为你在啃我家的门。"

"那你也该让我转过身来。"

"没那么容易。我们可以这样先说上一会儿话，你也别担心我咬你。"

"行啊，不过你得先告诉我，你是谁，来这儿干什么？"

"是这样的，亲爱的先生，我虽然是一只小小的蚂蚁，但是就像你刚才领教过的那样，如果我愿意的话，是可以用双颚把你的身体咬成两截的！"

"饶命！"

"不用害怕，我只不过想让你知道我的厉害。我如果放开你，得有个条件，你保证不能用你的武器伤害我。还有，请你帮助我干件事，假如这件事干成了，我会打心里感激你的，行吗？"

"我答应。"

"这可是正直的昆虫说的话。"

"我以膜翅目昆虫的名义向你保证。"

基基诺感到意外，他说："是吗？我也是属于膜翅目的昆虫，我相信我们会成为朋友的。"

基基诺松开了那只神秘的昆虫以后，那昆虫转过了身子。基基诺看到这个身体柔软的昆虫的脑袋的确很硬，而且尖得像一把锋利的锥子。

那昆虫说："你看，现在我可以不费劲地把你的身体戳穿，但是我是守信用的。你知道吗？现在是我生命中的一个重要时刻。"

"你这样做太好了。"基基诺松了口气。

"请你告诉我，你为什么跑到我的家里来了？"

"唉，上你家来是为了回我家去。一句话，我想到门的那边去。"

"现在暂时不可能了，隧道到此为止。"

"你是这样的了不起，难道就不能把门给穿透吗？"

"我是要穿透它的，而且很快就要穿透它。因为这对我来说，是一个庄严的时刻，它很快就要来的，我希望一切都顺当。"

奇怪的昆虫在黑暗的隧道里讲的这些神秘的话，使得基基诺摸不着头脑，他怀着巨大的好奇心问："请你给我好好讲一讲，你在这个时候要干什么？仔细给我解释一下你刚才说的话，好吗？"

那昆虫沉默了一下，接着，以庄重的口气说："我是树蜂，出于一切昆虫的本能，我感到身体发生重大变化的时刻快到来了。过不了多久，我将变成一只美丽健壮的昆虫在天空飞翔。从我妈妈把卵产在这块木头上起，我已经在这里生活了一年多了。我这个可怜的幼虫从卵里孵化出来后就开始挖着隧道。随着我身体不断地长大，我也在不断地加宽着隧道。经过艰巨的劳动，我终于到了该享受成果的时候了。过一会儿，我就要休眠变成蛹，再由蛹变成成虫。正像你知道的，要想在天空飞翔，就必须打开一条通道，我是不可能顺着原来挖的隧道退回去的，因为那是我很小的时候挖的，现在我已经长大变粗了，它容不下我了。

你看，我说我的生命处于一个最重要的时刻，没错吧？"

基基诺掩饰不住自己对这位出色的钻洞工强烈的羡慕和钦佩。不过，他还是想表示一下自己是个见过世面的昆虫，于是，就对树蜂说："我也可以告诉你，我见过一些比你更厉害的昆虫，我有个特别秘书，叫瘿蜂，它甚至能把包在橡树叶里面的小球穿个孔，这种小球可比樱桃核还硬呢！"

树蜂发出了一阵大笑，转身又去继续啃木头了。

树蜂用强大的武器啃着门，木屑像下雨一样掉在了它的周围，隧道在迅速地延长着。

干了一阵子后，树蜂突然停下了，基基诺听到它在抱怨着什么。

"这下要丢脸了。"

接着，它又比先前更用劲地啃着木头，最后，隧道里响起了一声哀叹："我多可怜啊！"

基基诺连忙朝它走去。

可怜的树蜂在隧道的尽头沮丧地讲了一些让人听不懂的话。

"发生了什么事啦？能告诉我吗？"

昆虫点了点头，说："前面啃的不再是木头……"

基基诺也看见了隧道尽头的那堵墙，他也悲哀地叫了起来："哎呀，是门的锁！"

三十、基基诺被当成跳蚤

基基诺说的正是门锁。

为了打开一条通道，这个可怜的幼虫啃了一年多的木头，谁知到了快变成长着翅膀的成虫时，也就是生命最美好的时刻，通道却被一块铁板给挡住了。

基基诺也很焦急，他问："现在该怎么办呢？"

树蜂摇摇头。突然，它又用尽全身的力气啃着铁板，并且大声地说："只有一条路，就是继续干！我已经强烈地感到，没有等待的时间了。"

"是重新干吧？"

"重新？哪里，我要把这块铁板啃穿！"

基基诺吃惊地望着树蜂。

当听到一种像锉刀快速地锉着铁板发出的刺耳声时，基基诺简直好奇到了极点。

昆虫真的能啃铁。要是基基诺知道，著名的昆虫学家已经发现，厉害的昆虫能把三毫米的铅板，甚至是弹药壳穿孔时，就不会那么吃惊了。

其实，我们的树蜂啃的铁板比子弹壳要薄多了。在一阵连续的、几乎是拼死的搏斗后，铁板终于被啃穿了。

"我的朋友瘿蜂要是看到这情景，它会感到相形见绌的。"基基诺说，"我亲爱的朋友，我相信，你可以用脑袋去撞墙，根本不必担心脑袋被撞碎！"

"唉！"树蜂回答，"你要知道，这可是生死攸关的大事，我要不打开通道，就会在飞翔的前夕死在黑暗中了。"

"这么说，你现在就要变态了？"

"是的，我需要安静。一会儿我就要变成蛹，等我从蛹里出来就完成了变态。你不想出去吗？路在这儿。"

"谢谢！"基基诺说，"我太感谢你了，要是我能为你做些什么的话……"

"现在我需要休息，你出去吧！"

基基诺从锁上挖出的孔里爬出来，又从门上爬下去，来到了自己家的客厅里。

脚一着地，我们的朋友就高兴得跳起来了。"啊，我到家了，我已经到了亲爱的妈妈跟前了。"

基基诺在黑暗中摸索，寻找着客厅的门，他希望马上能见到妈妈。突然，他停住了，前面又遇到了障碍。

原来这个障碍是块无花果的皮，很可能是哪个邻居家的孩子吃完扔在这里的。本来基基诺可以不费劲地爬过这道障碍，但是，他的肚子已经咕咕叫了半天。从早上离开熊蜂家后，他还没有吃过东西呢！

于是，基基诺就留在无花果皮上大口大口地吃起来了，他一面吃，一面回忆着往事，并且惬意地说："啊，我家院子里的无花果实在太好吃了，不过，要是想知道它的皮也是那么津津有味的话，就必须变成一只蚂蚁。"

基基诺吃了好长一阵子。公正地说，他饱餐一顿是完全应该的，因为刚进家时，他曾经抑制住想吃萨拉马纳葡萄的愿望。再说，他现在再也不用担心迷失方向了。

基基诺决定在无花果皮里过夜，等到天亮再进其他人的房间。因为夜已深了，家里人早就睡了。

一束微弱的光，从窗帘的缝里透进了客厅，屋子里响起了脚步声。基基诺立刻停止了他那顿丰盛的早餐，他知道这是家里的女用人莉莎起床了。

莉莎来到了客厅，她打开了窗子。突然，基基诺听到莉莎发出了一声大叫，并听到客厅里响起了一种奇怪的嗡嗡声。

发生什么事了？

原来，从门的锁孔里飞出了一只铁灰色的昆虫，这只昆虫长着翅膀，头上竖着两根触角，身体匀称而有光泽。

莉莎见屋子里突然飞着这么一只昆虫，便抓起椅子上的一块抹布，拼命地追打着它。看来，这只昆虫无法从屋里逃走了。

基基诺认出了这只昆虫是树蜂，他还听见了树蜂绝望的呼救声："我的蚂蚁朋友，要是你在屋子里的话，快想办法救救我！听见了吗？"

没等他的朋友喊第二遍，基基诺立刻朝莉莎爬去，他靠近莉莎的脚，爬上了鞋子，一直爬到她的脚脖子上，狠狠地咬了莉莎一口。于是，莉莎喊叫着扔掉了抹布。

树蜂被解救后，朝着打开的窗口飞去，临出屋前说："我的蚂蚁朋友，你干得好……我太感谢你了。"

这时，女用人一面搔着脚脖子，一面骂："该死的跳蚤！"

基基诺认为，现在是赶快离开莉莎的时候了，便迅速地爬回了地上。

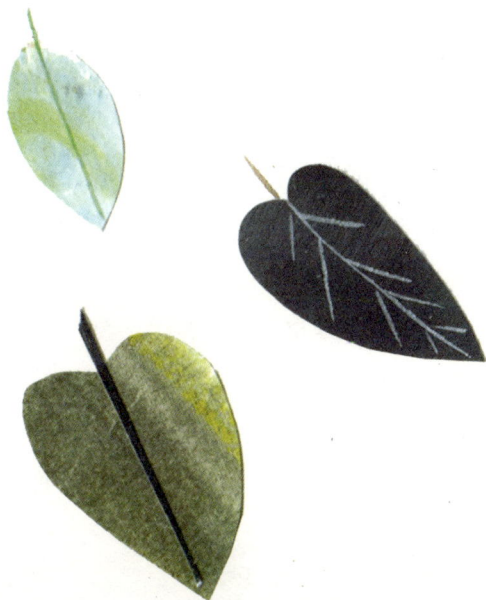

三十一、可恶的拉丁文老师

基基诺报答了善良的树蜂对自己的帮助，同时又表现出自己的勇敢和敏捷，很是高兴。他爬到了客厅的一面墙上。这样做是为了避免被谁踩着，因为他知道，无论男人还是女人，他们的脚都是无情的。

他感叹地说："唉，要是人这种巨大的动物，懂得我们小小的昆虫也有感情的话，走路时就会当心，别踩死我们。"

这时，基基诺听到屋子里传来了说话声。为了能看清家里的人，基基诺顺着墙爬到了衣帽架上。衣帽架上正挂着一顶巨大的毡帽，于是，他又爬到了毡帽的帽檐上。他想："即便这客厅再大，我也能看得一清二楚了。等一会儿，大家都要到这儿来吃饭，那时我就可以好好看看他们，并听听他们说些什么。"

一会儿，托马索舅舅走进了客厅。

基基诺激动地认出了他。可是，舅舅说的几句话却使得基基诺吓得直打哆嗦。

托马索舅舅说："莉莎，把我的帽子掸一掸，我要进城去。"

基基诺想从帽子上跑下来，已经来不及了。莉莎取下了毡帽就掸起来。她每掸一下，都使基基诺感受一次剧烈的震动。莉莎几下子就弄得基基诺晕头转向。不过，基基诺最担心的还不是这个，他更担心万一从帽子上被掸下后，不知会摔到什么地方去。

幸好，用人们从来不去想主人的帽子上到底有多少灰尘，因此，莉莎只掸了帽子的一边就不掸了。可是，就这几下也已经够基基诺受的了。

基基诺虽然得救了，可是处境却非常尴尬：他是帽子的奴隶，而帽子又是托马索舅舅出门总要戴的，这就使得基基诺又得跟着舅舅出门了。

"既然我被迫要同托马索舅舅一起出门，那么，他也将被迫把我再带回家来。"想到这儿，基基诺的心情轻松了，悠悠然地在帽子上散起步来。

遗憾的是，基基诺没想到他的拉丁文教师还在同他过不去。

出门没多久，托马索舅舅就遇到了基基诺的拉丁文教师。托马索舅舅脱帽向他致意，可是，他丝毫没想到就这么一甩帽子，竟把自己的小外甥摔得那么惨。

基基诺被猛地甩到了地上，这次摔得是那么狠，以致他一缓过劲来就骂道："哼，这个可恶的拉丁文教师，要是

我再遇到我的朋友树蜂，我要叫它在这个老师的脑袋里挖
一条隧道！"

我们的基基诺非常绝望，公正地讲，他抱怨得也有点
道理。

在经历了千辛万苦，克服了重重困难后，他终于回到
了自己的家，但是，一个完全意料不到的情况又使他突然
地离开了家，被四脚朝天地扔到了一个陌生的地方。在那
儿，他是不可能再找到回家的正确方向的。

这时，基基诺听到有说话声。

"我从来没见过一个没有翅膀的昆虫，竟敢在空中翻
跟头！"

"要是我们哪一个从这么高的地方四脚朝天地摔下来，
是不可能这么容易就站起来的！"

确实是些奇怪的昆虫，在评论着倒霉的基基诺。基基
诺很生气，朝着传来惊讶声的方向望去。

说话的是一些蚂蚁，不过是些奇怪的蚂蚁。她们全身
是黄色的，肚子又圆又大，同身体不成比例，基基诺想不
到世界上还有这样的蚂蚁。

基基诺对她们说："喂，你们是从哪儿来的？浅黄色大
肚子的姐妹们！"

一只蚂蚁回答："尽管你是从非常高的地方来，但我们
却是从比你更远的地方来的。"

"是吗？从哪儿来？"

"从墨西哥。"

基基诺认为这些蚂蚁是在取笑自己，他正准备回敬她们，忽然听见另外一只蚂蚁说："姐妹们，太阳出来了，我们该回去了。"

奇怪的蚂蚁费劲地拖着她们的大肚子，慢慢地走着。

基基诺一声不响地跟在她们后面。他很想知道一些关于她们的情况。再说，到这个时候，他也不知道该干些什么才好。

这些蚂蚁爬上了一个土堆，土堆上面有一个用沙子垒起的土包，毫无疑问，她们的家就在这儿。

小土包上站着三只同刚才那些蚂蚁颜色一样的蚂蚁，只是她们的肚子没有那些蚂蚁大，她们是些兵蚁。

兵蚁们见到自己的伙伴回来了，都高兴地打招呼："姐妹们回来啦！"可是当发现跟在后面的基基诺时，不由得厉声喝道："你是谁？到这儿来干什么？"

基基诺很有礼貌地走向前去向兵蚁们问好，他和气而认真地对她们说："假如你们愿意的话，请把我当你们的姐妹一样看待，不要分什么肤色。还有，请你们不要怀疑我来这儿有什么不好的动机，我一开始就对你们有着好感。"

这"一开始"三个字对兵蚁产生了效果，她们的口气也变得客气了。一只兵蚁问："那么，你到这儿来干什么呢？"

基基诺很坦率，他说："你们也看到了，我是一只流落在外的可怜的蚂蚁。我们的蚁穴在一次悲惨的战争中沦陷了。我只身一人，你们不用担心我有什么不良的动机。我来的唯一目的是想知道你们是谁，从什么地方来。我想了解一下你们的生活，向你们学习点有用的东西。"

　　基基诺的话说得动人而诚恳，把兵蚁们打动了。她们小声地在一边商量了一下，就同意让这只陌生的蚂蚁参观自己的蚁穴。考虑到客人的安全，还由一只兵蚁陪着他。

　　基基诺他们从土堆当中的露天洞口进去。这是个漏斗形的洞口，洞是斜着往下通的，一直通到蚁穴的第一层。

　　基基诺由衷地对向导夸奖起她们建筑艺术的高超。确实，这儿的土质松脆又不抗压，在这里建筑蚁穴要求有很高的技巧。

　　基基诺顺着洞朝下走，来到了蚁穴的最底层。他计算了一下，这一层共有十间大屋子，每间屋的墙都砌得很牢固。

　　由于只有一丝光从上到下垂直地透进来，屋子里显得相当暗。当他一间一间地参观时，看到每间屋子的墙上都趴着三十来只蚂蚁，每只蚂蚁身上都拖着一个大肚子，这些大肚子看上去像是一个装满油的囊。

　　基基诺忍不住惊叫起来："这是些什么？我不是在做梦吧！"

"做梦？不是。这些都是装满蜜的罐子。"向导说。

"蜜罐?"基基诺反问道。

"是的……"向导说，"我来给你解释一下，你们这里的蚂蚁都不了解我们。我们是墨西哥蚂蚁，纯粹是一个偶然的机会，才使我们来到了这儿，你想不到吧！很久以前，有人用一种能渡水的怪物（基基诺知道蚂蚁说的怪物是船），从墨西哥运了一些植物到这里，植物的树干和包着泥的根里有当地的一些昆虫，其中也有我们蚂蚁。这种植物种下去后，我们就在这块土地上生活了。"

"噢！这些蚂蚁是趴在墨西哥的橡树上被带到这儿来的。"基基诺说。

"是这样的，是趴在一棵弯弯曲曲的橡树上……"

我们的基基诺想起来了：两年前，托马索舅舅从墨西哥带回了一些植物，其中有一棵是橡树。想到这里，他的心里又燃起了希望，显然，这些蚂蚁现在待的地方离他渴望要回去的家还不远。

兵蚁继续说："橡树是我们的面包，它有不少树叶子都被瘿蜂扎出了球，所以，我们就爬到树叶子上去吸美味的树汁。你已经看见了，我们每天晚上都爬上去吃得饱饱的，饱得连走路都困难。吃饱后，有些蚂蚁回到屋里就趴在墙上，而其他蚂蚁继续往她们肚子里装蜜，一直到这些肚子被装满成了真正的蜜罐为止。"

"那她们就永远趴在墙上了？"

"当然！她们不能动了。她们唯一的任务是为我们的工蚁储存食物。当然，她们也是自愿承担这一重要的工作的。"

基基诺听呆了。他从来没想到世界上还有当储存容器的蚂蚁，这些蚂蚁充满了自我牺牲精神，她们心甘情愿地把自己的身体变成了同伴们的食物仓库。

这时，他看见有几只蚂蚁正把自己得来的食物装进趴在墙上的蚂蚁的肚子里，并听到她们一边装，一边愉快地说："这样，你就再也动不了了。今天你是这样，明天就该我了。"

"你想尝尝我们的蜜吗？"基基诺的向导问他。

基基诺高兴地接受了一只蚂蚁递给他的树汁。这只蚂蚁肚子里只装了一半蜜，要不然，她是动不了的。

树汁非常好吃，有点酸，大概是由于里面有一些蚁酸成分的缘故。

当基基诺回到蚁穴洞口的时候，他感叹地说："大自然创造了多少奇迹啊！甚至创造出了蜜罐子！"

基基诺衷心地感谢了三只好客的兵蚁，他正要同她们告别时，忽然听到一只兵蚁大叫了一声："鸟！"

就在听到这声大叫的同时，他感到自己被提了起来。

他和三只墨西哥蚂蚁一道被鸟带走了。

三十二、藏在玫瑰花苞里的秘密

应该承认这一点：

如果说，可怜的蚂蚁皇帝小白旗一世没有实现他统治整个蚂蚁世界的野心的话，这一次他倒是显出了一流的聪明和敏捷。

当他发现自己被叼在一只劫持蚂蚁的鸟嘴里时，他灵机一动，想出了个办法。

他把身体尽量地蜷缩到他的铠甲里，使得鸟觉得嘴里叼的是颗芝麻子。过了一会儿，鸟真的把基基诺吐了出来，一点也没想到芝麻子里藏着一只蚂蚁。

基基诺掉到了地上，这一次摔得可真厉害，半天都没缓过劲来。

鸟飞走后，基基诺摇着脑袋，伤心地说："卑鄙的掠夺者，你是我们高尚的蚂蚁民族的死对头，你叼走了我们三只可怜的姐妹，叫你被她们噎死！"

接着，他转了个圈子，想知道现在自己在什么地方。

基基诺现在在哪儿了呢？他知道自己离墨西哥蚂蚁的蚁穴还不远，也知道这些蚂蚁离那棵供她们食物的橡树不远，还知道这棵橡树离他突然被带走的、做梦也想回去的家，也没多远。

但是，虽然这些判断都是正确的，却都帮不了他的忙，他仍然找不到家在哪个方向。

基基诺只好漫无目的地转着，他转到了一棵野玫瑰花下。这时他心想："是不是该上去看看，说不定在高处能辨出个方向来。"

他一边爬，一边留心着周围，可还是没辨出方向。于是，他又爬上了这株玫瑰的最高处，停在一片叶子上。

"真香啊！"他闻到了一股沁人心脾的甜香。

突然，他的注意力被一个极有意思的景象吸引住了：在玫瑰花中，一只美丽的蜜蜂正在满怀热情地劳动着。蜜蜂把脑袋埋在花瓣中尽情地舔着芬芳的花瓣，采着花蜜，并且嗡嗡嗡快乐地唱着歌：

嗡嗡嗡……我带来了，
忠于你的花儿给你的吻，
嗡嗡嗡……把蜜给我。
听说，你也喜欢它，
它也希望你高兴。
嗡嗡嗡……把蜡给我。

在这愉快的歌声中，玫瑰花似乎颤抖着，并温柔地把花瓣递向金黄色的昆虫工人。

蜜蜂采足了花蜜后，就上了花蕊，停在上面，专心致

志地工作起来。它非常敏捷地用前足刷着头上沾着的花粉，传给中足，中足又把沾在胸部和腹部密集的绒毛上的花粉刷下来，一起递给后足。后足的结构非常奇特，足是毛茸茸的，足的下半部长着一只口袋，这是专门用来装花粉的。

基基诺忍不住问："蜜蜂女士，你的两条后足本领真大，你自己知道吗？"

蜜蜂猛地转过身来，看见了基基诺。它以傲慢的口吻对基基诺说："你到这儿来干什么？"

听了这话，基基诺浑身都感到不舒服。他也火了，说话声变得很粗暴："你管那么多事干吗？你到底在干什么呢？"

蜜蜂说："我？我干的事可多呢。我在履行我的职责。不过，我感到很纳闷，一只蚂蚁竟敢来这里亵渎我们王国的花儿。"

基基诺更耐不住性子了，他怒气冲冲地说："你的王国？好，让我们来评评理看，究竟是谁亵渎了花儿。你想禁止所有的昆虫闻玫瑰花香，这又叫什么？……是的，这花儿是美丽的，那又怎么了！我在这里又没碍着谁，难道这叫亵渎花儿？！如果这叫亵渎了花儿的话，那么你呢？舔着花瓣，还吸着蜜，还把花粉装到你后足的那个口袋里，请问，这又叫什么？"

正当基基诺怒气冲冲地说这些话时，蜜蜂显得很不安，好几次露出它的蜇刺。不过，它最后还是抑制住了自己的怒火，说："从来没见过你这样愣头愣脑的蚂蚁。"

没等基基诺开口，它又继续说："跟你多说也没用，我马上让你看看我在干什么。你真了解花儿吗？你想知道它生活的秘密吗？你知道它们也像我们一样需要呼吸、休息，像我们一样也有着痛苦、欢乐和爱情吗？"

确实，在变成蚂蚁后，基基诺发现了一些当他还是孩子时从来没注意过的事情。在做孩子时，他是不会留心，当他走过草地时，草会颤抖；也不会留心植物的那些细微的现象，而只是习惯看大的东西。但是，昆虫却能注意那些细微的现象，这使得基基诺惊叹不已。

在基基诺看来，植物就是植物，没有什么可研究的。因此，他从未发现什么植物生活中的奥秘。蜜蜂的一席话，给了他深刻的启示。

蜜蜂又说："看到了吧，有些事情会使你更惊奇的。你不知道，正如你有爸爸、妈妈一样，花儿也有爸爸、妈妈。它们彼此相爱，希望能生出像自己一样美丽芬芳的子女来。可是花儿是不能动的，它们希望借助别的力量，来替自己传递美好的话语和礼貌。那么，是谁在为它们传递相互的爱慕之情以及花粉、花蜜的呢？是我们，是我们长着翅膀的蜜蜂。我们熟悉它们的一切，了解它们的秘密，也乐意做它们的信使；而它们则幸福地张开花瓣迎接着我们，并送给我们蜜和蜡，让我们带回家去。"

说着，蜜蜂又嗡嗡地唱起了歌，花儿也好像在幸福地颤抖着：

嗡嗡嗡……我带来了，
忠于你的花儿给你的吻，
嗡嗡嗡……把蜜给我。
听说，你也喜欢它，
它也希望你高兴。
嗡嗡嗡……把蜡给我。

三十三、小白旗皇帝死里逃生

　　基基诺听得出神了，在这诗一般的语言面前，他的气消了，说话的调子也变得热情多了。

　　"谢谢你告诉了我这么多新鲜事！我们讲和好吗？"他抑制不住自己的冲动，对蜜蜂说。

　　"好的。"蜜蜂愉快地回答。

　　"你知道，我是讲道理的，我马上就离开这朵玫瑰花……不过有个条件，在离开这里前，请你给我讲讲你是怎么采蜜的，好吗？"

　　"这太容易了。我用我的吸管吸花瓣里的汁，这种汁到了我们胃里就变成了真正的蜜。至于蜡，随着营养物的糖化，蜡就像汗一样从我们的下腹部溢了出来。"

　　蜜蜂让他看了溢满蜂蜡的腹部。

　　"我还有一个问题。"基基诺又说。

　　"那就快点说，太阳快落山了，我该回我的蜂巢去了。"

　　"我想知道你的名字？"

　　"我叫道尔齐娜。"

　　蜜蜂飞走了。基基诺的目光跟随着它，看到它停到不远的一棵树上，才顺着原路从玫瑰花上下来。

不过，玫瑰花上还有一只昆虫正在盯着美丽的道尔齐娜。基基诺是怎么知道的呢？这是因为他在往下走时，听到玫瑰花的枝杈上传来了吱吱的低语声。

"好哇，亲爱的蜜蜂女士，现在我可知道你的家在哪儿啦！今天晚上，我要去尝尝你的蜜啰。"

基基诺转身一看，吓了一跳。

原来是一只黑色的妖怪正趴在玫瑰花秆上。这只妖怪长得很大，样子吓人，长满毛的背大得与身体不成比例，上面还画着个黄色的骷髅，让人看后胆战心惊。

看到这个又丑又吓人的昆虫，基基诺觉得像是站到了一个真的骷髅面前一样，便连忙在胸口画了个十字。黑色的妖怪还在自言自语："太好了，等天一黑，我就可以大饱口福了。人们叫我阿特罗波斯①，没错！"

实际上，阿特罗波斯是一种巨大的黑蝴蝶，人们称它为"死亡的脑袋"，是因为它背上有个阴森森的像骷髅样的黄色图案，还有，它那尖尖的叫声让人听了会毛骨悚然。

这种昆虫的颜色和叫声，以及总是在黑夜里出没，弄得它的名声很臭。这就跟人们把夜里总是啼哭的孩子叫成猫头鹰一样。

是的，如果人们因为无知和迷信害怕这种昆虫的话，

---

① 阿特罗波斯：希腊神话中剪断生命线的命运女神。

166

那么，昆虫害怕它们就更不足为奇了。实际上，像鸟儿时刻警惕鹰那样，蜜蜂也是非常留心，时刻提防着不要脸皮的阿特罗波斯来抢吃自己的蜜的。

基基诺对蜂类很有好感，特别对道尔齐娜更是如此，尽管道尔齐娜开始时对他并不客气。基基诺想到那么富有诗意和感情的道尔齐娜，自言自语地说："蜂巢不会很远……既然我已经知道了这个黑色强盗要去抢蜂蜜，那么我得马上把这个消息告诉它。"

他镇静地望了一下蜂巢所在的那棵树，悄悄地从玫瑰花上下来，朝蜂巢的方向走去。

他拼命地走着，跑着，也不管道路是多么难走。他自言自语地说："那个强盗说天一黑就去偷蜜，尽管我没有翅膀，但我要比它先到那里。"

突然，基基诺停住了脚步，因为他感到似乎有个声音在叫自己。

基基诺朝周围望了望，什么也没发现。可是当他再次起步时，又听见了喊自己的声音。这一次他听得很清楚，以至再也不怀疑是错觉了。

"小白旗皇帝万岁！"

听到这声音是那么熟悉，基基诺又惊又喜。接着，他看到从左边那森林般的草丛里钻出了两只蚂蚁。他立刻就认出是自己以前的两个副官。

他们互相招呼着：

"小白旗！"

"大头！"

"铁钳！"

三只蚂蚁彼此拉着腿，热烈地拥抱着。他们互相询问着分别后的情景，兴奋得不得了。

铁钳说："这不是我们的皇帝吗？她们说你死了，全是瞎说！"

"我们也以为你死了呢！"大头接着说。

"谢谢你们的关心，我可以告诉你们，完全不是那么回事。"

"唉，我们也是死里逃生啊！我们都说不清楚是怎么逃出来的，当时有二十多只红蚂蚁张大双颚紧紧地追赶着我们，在我们的后面辱骂着。打的是什么仗啊！当你把'大炮'弄到我们这里，对她们进行了一场出色的闪电战后，我们还以为她们已经被彻底打败了呢！"

基基诺倒挺有耐心，听完后说："你们在说些什么！天才和运气总是碰不到一块的。算了，你们要知道，我见到你们是多么高兴啊！"

"我们也是！从现在起，我们死也不离开你！"

基基诺很激动。他说："那好，现在你们陪我到一个地方去，我们一边走一边说。"

三只蚂蚁朝蜂巢走去。

"你想想看……"大头说。

"你想想看……"铁钳也同时说。

"一个一个地说！"基基诺很有权威地命令道，"大头，你先说！"

"你都想象不到我们在流浪中遇到了多少危险！"

"我也是！"铁钳说。

"每天都不知道在哪儿过夜！"

"我也是！"

"也不知道哪儿可以弄到吃的！"

"我从早上到现在还空着肚子呢！"铁钳说，"总之，我们悲惨的遭遇是无法形容的。现在我们找到你了，同你在一起就什么也不怕了，我说得对吗，大头？"

"当然对！"

基基诺满怀喜悦。他的两个副官也兴奋得不得了，高兴地喊着："小白旗皇帝一世万岁！"

好像是回答这喊声似的，地上的沙子突然旋转着往下陷，把基基诺和他的两个副官裹了起来。我们的英雄一看情况不妙，死命地抓住了一根草叶子的尖，铁钳则紧紧地抱住了基基诺的脖子，大声地喊："要是不让我掉下去的话，千万别甩掉我！"

瞬间，沙子像有着魔力似的停止了下陷。这时，基基诺和铁钳听到了微弱的哀号，声音是从地底下发出的。他们本能地朝下一看，吓得心惊肉跳。

展现在他们眼前的是一派可怕而野蛮的情景。他们看到眼皮底下出现了一个洞，洞里有一个吓人的怪物正用一把巨大的钳子钳着大头，并且在大口嚼着还在挣扎的大头。怪物一面嚼，一面说："真好吃啊！"

"这是狮蚁！"吓破了胆的铁钳结结巴巴地说。

"狮蚁？"基基诺重复着这两个字。突然，他想起了自己遇见的那只像蜻蜓一样的昆虫。"啊，现在我明白它的话了，我见过狮蚁，现在遇到的是它的幼虫。难怪我的古怪旅伴为它的儿女们庆幸，说是遇到了我这样好心的蚂蚁！"

这时，那只怪物已经吃完了它的掠夺物，正把大头的躯壳从洞里扔出来，还满意地说："真好吃啊！"

当时，只有基基诺目睹了这血腥的惨状。他看到这只狮蚁的幼虫下半身紧紧地埋在沙里，上半身露在外面，样子十分吓人。它的嘴巴是黑色的，头的两边各长着七只眼睛，并武装着两把有力的钳子。它的胸部竖着粗黑的毛，两条腿从毛里伸出来，脚尖上长着锋利的爪子。

"现在，"怪物瓮声瓮气地说，它的十四只眼睛盯着吓得发抖的基基诺和铁钳，"你们也给我下来，我等了一天了，没想到这时候还有一顿美餐！"

说着，它伸着腿，熟练地用力挖着洞里的沙土，朝两只受惊的蚂蚁扔来。

一看怪物朝自己扔沙子，尽管基基诺的脖子上还吊着铁钳，他还是用尽吃奶的力气荡着草叶子，躲避可怕的怪物扔来的沙子。

两只蚂蚁得救了。

"啊，你救了我的命。"铁钳喊道。

基基诺说："我的脖子都快给你吊歪了。不过没什么，你看他比我们更惨！"

基基诺指的是躺在地上的大头的躯壳。

"真可怜！"铁钳难过地说，"只剩下一个躯壳了，这个无耻的怪物把大头吃得一点肉都不剩。"

当他们重新上路时，基基诺严肃地对铁钳说："铁钳，你看见那位躲在漏斗形洞里的怪物了吗？"

"看见了，这是一种我们蚂蚁最害怕的敌人。"

"那太好了！要是下次再遇到这种幼虫的话，我命令你提前五分钟告诉我！现在快走！"

三十四、铁钳获得了伯爵称号

同两位副官相遇，又碰上了狮蚁的幼虫，这两件事使基基诺在路上耽搁了一些时间。当他来到蜂巢时，天已经黑了。

"我担心已经来晚了！"基基诺一边爬着树，一边说。

铁钳看到基基诺若有所思，就鼓起勇气问："我们到哪儿去？"

"去救一个受到黑色强盗威胁的蜂巢。"

"太好了，这样我们可以尝上点蜜了。"

听了这话，基基诺变得很严肃，他说："副官，我们去蜂巢的目的是崇高而光荣的，而你却只想到吃。"

"说实话，我太饿了，我觉得身体也像被狮蚁的幼虫吸空了一样。"

两只蚂蚁爬到蜂巢前，看到蜜蜂们正匆匆忙忙地进进出出，它们神情慌张而又沮丧，纷纷喊道："'死亡的脑袋'来了！"很明显，整个蜂巢一片混乱。

基基诺这时也顾不上惊慌失措的工蜂是否注意自己了，带着副官马上赶到了出事地点。

"死亡的脑袋"已经侵入了蜂巢，尽管蜜蜂们把它团团围住，但仍挡不住它。只见这只浑身长着细毛的庞然大物不住地抖动着黑色的翅膀，贪婪地吸着蜜。

由于"死亡的脑袋"的身体柔软而富有弹性，蜜蜂的蜇刺刺不穿它。在这场可怕的混乱中，只听见蜜蜂们焦急地喊道："它马上就要抢我们的蜜库了！""还要吃我们的幼虫呢！""最后还要杀死我们的女王！"

这时，基基诺低声对副官说："听见没有，是女王。我们必须不惜一切代价救它！"

"怎么回事呢？蜜蜂的剑不是很厉害吗？"铁钳问。

"笨蛋！对付这个强盗，剑是没有用的，得用双颚咬！"

蜜蜂们继续齐声抗议着，勇敢地用蜇刺刺着"死亡的脑袋"，但后者却满不在乎，继续高兴地饱餐着蜂蜜。

突然，它大叫一声："哎呀，我的腿！"

当它转着脑袋朝后看时，又痛苦地哀叫着："坏了，谁把我的触角给咬掉了！"

这时，站在它脑袋上的基基诺大声说："铁钳，要是你不把它的腿都咬断的话，就不配当我的副官！"

黑色的强盗在受到了意外的攻击后想起了它的翅膀，它想张开并拍动翅膀来轰跑围在身旁的蜜蜂，但是地方太窄了。另外，不知谁也想到了它的翅膀，及时地把它们咬断了一只，过一会儿又咬断了另一只。

没有了翅膀，又没有了触角，黑色的强盗只好用它剩下的唯一的腿挣扎着站起来。可是不行了，这个庞然大物沉重地倒了下去，再也动弹不了了。

蜂巢里响起了欢呼声。

"胜利啦！我们胜利啦！"

但是，有一只蜜蜂却大声地发出了疑问："是谁把这个强盗打倒的呢？"

基基诺觉得这声音很熟，他认出了道尔齐娜，于是热情地叫道："道尔齐娜！"

"啊！"趴在黑色的强盗背上的蜜蜂说，"原来是你，你是怎么跑到这儿来的？"

"我知道这个强盗要来抢你们的蜂蜜，我是来救你们的！"

"原来是这样，谢谢你。"道尔齐娜接着对蜜蜂们说，"姐妹们，请大家向这只蚂蚁致敬，是他救了我们的家！"

于是蜂巢里响起了一阵巨大的欢呼声。

基基诺很激动，他向蜜蜂们表示了谢意，说："请大家安静一下，我想说明一下，我是没有权利独自享受这掌声的。铁钳！我说铁钳，你在哪儿？"

"这个馋鬼一定是偷偷跑到哪个储蜜室里去吃蜜了。等她回来，我一定得好好教训她一顿！"

这时，道尔齐娜又用对玫瑰花说话时的那种充满感情的调子说："你还留在这儿？太晚了，你该回家了。"

"啊！是啊！……可是，我早就没家了。"

道尔齐娜听了这话后感到很奇怪，它想问问这个蜂巢的解放者究竟是怎么回事，不过，它是个很懂事的蜜蜂，马上就抑制住了自己的好奇心。它对基基诺说："我很想知道你的遭遇，还是明天再说吧。你同你刚才叫的那只蚂蚁商量一下，是否就留在这儿。另外，我们还需要你帮忙处理一下这个强盗。"

基基诺从黑色强盗的背上下来，同蜜蜂们一起抬着强盗的身子。

强盗的身子很重，搬动它不是件容易的事。一只蜜蜂说："亲爱的姐妹们，要把这个庞然大物从蜂巢里搬走是不可能的，要是可能的话，我建议把它推到一边去，然后再用蜡封上。"

全体蜜蜂一致同意了这个建议。它们都站到了强盗身体的一边，用力地翻着它，最后终于把它给翻了个个儿。

强盗的身体刚被移动时，身子下面传来了微弱的声音："唉，要是再迟一会儿，我就被这块大石头给憋死了！"

基基诺发现铁钳原来被压在强盗的身下，刚才自己错怪了他，便连忙把他扶起来，庄重地对她说："副官，你是一名勇敢的战士！"

"还说呢！"铁钳说，"你刚才威胁我说，要是我不把这个坏蛋的腿咬断的话，要把我革职！"

"你已经尽到你的职责了，在这些慷慨的蜜蜂姐妹面前，我正式封你为膜翅目昆虫的伯爵！"

铁钳虽然不懂伯爵的封号是什么意思，但她懂得皇帝已经把自己同其他昆虫区别对待了，她感激地说："谢谢！"

这时，强盗的身体已被翻到了蜂巢的一边。基基诺踩着强盗，指着它背上的那个阴森可怕的黄骷髅说："对于它，甚至都没有必要举行什么葬礼，因为它早就想到在自己的背上刻上一块墓碑！"

三十五、在蜜蜂的王国里

　　基基诺在道尔齐娜为他准备的房间里睡了一夜。第二天醒来时，他脾气很坏，嘴里不停地骂："这个该死的强盗，害得我做了一夜的噩梦！喂，铁钳！铁钳！铁——钳！"

　　正在熟睡的副官被惊醒了。

　　"终于醒了！"基基诺说，"我的副官，你怎么能睡得这么死呢？你应该记住，你在睡觉时只能闭上一只眼睛！"

　　"我饿了。"

　　"我亲爱的，你真贪得无厌，昨天晚上，蜜蜂招待我们吃饭时，你一个人就吃了四份。今后，你要改掉这种贪吃的毛病，否则我是养不起你这个大肚婆的。"

　　接着，他口气又温和了一些，说："算了，今天我们将要参观蜜蜂的宫殿并会见女王。会见女王，懂吗？你要表现得体，不要给我丢脸。"

　　想到马上就要会见女王，基基诺很激动，刚才醒来时的坏脾气全消了。

　　于是他教他的副官，在一系列隆重的场合应该注意的礼仪并告诉她见女王时应该说些什么话。这时，房间外面传来了问话声："我的朋友，可以进来吗？"

这是道尔齐娜来了。

基基诺迎上前去说："我亲爱的朋友，首先我得向你声明一下，我不是雌的。"

"什么？"

"我是雄的，简单地说，你应该对我使用'他'。"

"那么你另一个同伴呢？"

"他也同我一样，我们俩是一样的。"

"看到你们没长翅膀，我还以为你们是两只善良的工蚁呢！"

"工蚁？懂吗，副官！道尔齐娜以为我们是两只工蚁。它想象不出我们是什么，也不知道我是谁。不过，现在该让它知道了。副官，你来介绍！"

副官鞠着躬，毕恭毕敬地指着基基诺说："这是蚂蚁皇帝，小白旗一世。"

这时，基基诺指着铁钳说："这是铁钳副官，膜翅目昆虫的伯爵，我的首席副官，也是唯一剩下的副官。要是我另一个副官昨天晚上不被狮蚁的幼虫吃掉的话，今天也应该在这儿。"

听了他俩的这番介绍，道尔齐娜被弄糊涂了。基基诺见道尔齐娜一点也不明白，觉得有必要给它介绍一下自己的经历，于是就讲起了他这个被废黜的蚂蚁皇帝的全部经历。

道尔齐娜听完他的介绍，说："对我来说，既不存在丢掉王位，也不会戴上王冠，我得劳动。这样吧，要是你们愿意参观一下我们的家的话，那就快点跟我来，我一会儿还得去劳动呢！"

基基诺感到这话有点刺耳，但作为客人，又不好发作，所以，气自然就出到了倒霉的铁钳副官身上。他生气地对铁钳说："哎，副官，我说你在干什么？快点！听见了吗？我们得参观宫殿去，马上就得走，还磨蹭什么？"

说完，他庄重地随道尔齐娜走出了房间，铁钳紧跟在他的后头。

来到大门口，基基诺立刻被大门奇特的构造吸引住了：大门似乎被一些屏障保护着，这些屏障像一面面屏风一样，一左一右地折着，这使得那些想进去的昆虫必须左一个弯右一个弯地拐。

基基诺说："这些屏障我昨天没见呀？"

道尔齐娜说："是的，这是刚修的。这样，那些黑色的强盗就再也别想进来了，除非它们把翅膀扯掉！"

"真是个好主意！建成这个样子得花多少时间啊？"基基诺惊叹地问道。

"噢，我们造这个很快……"道尔齐娜指着大门说，

"我们身上有蜡和胶，花不了多少时间就能造起一堵令人生畏的墙。"

基基诺跟着道尔齐娜继续参观着。他越参观越是相信，这蜂巢不像道尔齐娜说的是一个普通的家，也不像自己想象的那样是一座宫殿，它是一座真正的城市，是一座符合标准的、舒适而又卫生的城市。

这座城市有两个特点：线条和谐及最大限度地利用空间。实际上，这座城市是由许多六边形的房子组成的，它们彼此相依，一间紧靠着另一间。

道尔齐娜对两只蚂蚁说："六边形是唯一能使我们在一定的空间里造出最大数量房子的形状，而其他形状会浪费许多空间。"

基基诺信服地说："显然，你们蜜蜂很聪明地解决了这个问题。不过，我有一个问题，你们是怎么把蜂巢造得这么规则的呢？"

"是这样的，我们首先确定家的地址。我们的家通常造在墙的裂缝里，或者建在老树的树洞里。地址选好后，我们就在墙的裂缝或树洞的内壁涂上蜡，这些蜡是从我们的腹部溢出来的。我们通过嘴把蜡变软，并把它变成许多蜡条粘在内壁上。经过许多蜜蜂轮番持续的劳动，我们很快就筑成了由厚厚的蜡组成的墙。在这堵坚固的墙上，我们最好的建筑师，也就是我们蜜蜂中最出色的能手就开始造房子。你想看看它们是怎样造的吗？"

道尔齐娜把两位参观者带到了正在建造的新房子前。

在一大堆蜡上，一些蜜蜂正在挖着六边形的小洞。负责打样的蜜蜂打好样子后，就把工作留给了更有经验的蜜蜂。这些有经验的蜜蜂能量出洞的大小，把洞抹得非常光滑，使它们成了一间间六边形的房子，这些房子既整洁美观，又很舒适。

"这么快就建好了？"铁钳都看傻了。

基基诺十分佩服这些蜜蜂，他说："真行！我知道有人干活干得很快，但并不好，可是你们干得又快又好！"

道尔齐娜说："你们听后会吓一大跳的，我们蜜蜂能在一天一夜间造出四千间房子来。"

基基诺说："造得实在太快了，简直可以说是奇迹！不过，我还有一个问题，我发现房子的大小不一样。"

"我给你一讲，你就会明白的。这些蜂房是给工蜂卵住的，工蜂就是从这里孵化出来的。工蜂是中性的，就跟你们一样。"

"我们不是中性的，我不是跟你说过，我们是雄性的吗？"基基诺显得有点生气。

"啊，我忘了。"道尔齐娜觉得很滑稽，它继续说，"还有，比较大点的房子是雄蜂住的……真正的雄蜂，懂吗？最后，这些房子是雌蜂住的，它们是圆拱形的，又大又漂亮，这是因为雌蜂是要当蜂王的。"

"什么，什么，当蜂王？"基基诺问。

关于蜂王，基基诺有一连串的问题要问。可是，正在这时，他们来到了一座像山一样古怪的东西前。

"这是什么？"

"这是黑色强盗的身体，就是那只被你打败的黑蝴蝶的尸体。我们没有力量把它拖到蜂巢外面去，又怕它腐烂后污染空气，所以用蜡和胶把它封了起来。"

"用蜡和胶封起来？"基基诺看着这个被蜡和胶封得硬邦邦的尸体说，"是怎么封的？"

"我们蜜蜂除了采蜜和花粉来喂幼虫，还能分泌一种胶。这种胶黏度很强，可以用来埋葬和密封那些进攻我们的大昆虫的尸体。"

道尔齐娜又把基基诺和铁钳领到了蜂巢的另一边，指给他们看一只很大的蜗牛。

"你们看到了吗？这只蜗牛闯到了我们这儿，我们先用蜇刺刺它，让它缩回壳里，然后用胶把它的壳封起来，这样就把它永远埋葬在自己的家里了。"

到了这时，基基诺和铁钳对蜜蜂们的聪明才智和力量，有了更深刻的印象，他们钦佩羡慕不已，心情非常激动。突然，一阵如吹喇叭似的嗡嗡声传了过来，道尔齐娜连忙对他们说："别出声，这就是蜂王……"

三十六、小白旗皇帝同蜂王的谈话

一只样子威风而又庄重的蜜蜂在一大群蜜蜂的簇拥下走出了蜂房。这群蜜蜂争先恐后地向蜂王献着殷勤，把自己的吸管送到蜂王的嘴里，让它吸自己酿造的蜜。

道尔齐娜轻声地对基基诺说："这些是蜂王的侍从。"

这时，只见蜂王挨个在每个蜂房门口停一下，在里面下一个卵，而它身边的蜜蜂们则愉快地为产卵的蜂王唱着歌：

嗡嗡……
你是我们蜜蜂的母亲，
你是我们的女王，
每一只蜜蜂都是你的儿女，
它们都向你称臣。

过了一会儿，蜂王停止了产卵，说："说实话，我希望我的人民对我满意，今天我已经在蜂房里产下两百只卵了。"

基基诺听了蜂王的话吓了一跳，他问身边的道尔齐娜："一天产两百只卵，那么，连续要产多少天呢？"

"根据情况……"道尔齐娜回答，"一般地讲，要继续产上三个月，大约产一万五千只卵。"

正当两只蚂蚁对这个昆虫能产这么多卵将信将疑时，道尔齐娜恭恭敬敬地走到了蜂王跟前，它同蜂王低语了一会儿，然后又回来对两只蚂蚁说："蜂王说，它很高兴认识你们，请你们去见它。"

基基诺感到全身有点颤抖。他走近铁钳，轻声地对她说："副官，注意……现在是该你负责介绍我的时候了。"

铁钳走上前去，她像一个古代骑士那样，照着基基诺早上教自己的话，介绍着自己的主子："这是小白旗皇帝陛下……"

基基诺也庄重地走上前去，对蜂王说："我，蚂蚁皇帝小白旗一世，非常荣幸地向强大和贤明的女王陛下致以敬意。我们蚂蚁同蜜蜂有着天然的联系，我们之间存在着诚挚的友谊……"

蜂王似乎对这种绝对是新的礼仪感到意外，这种礼仪在蜜蜂中是没有见过的。为了不失礼仪，蜂王马上以温柔的声音对两只蚂蚁说："你们把我们的城市从凶残的入侵者手里拯救出来，我代表我的臣民向你们致以谢意。你们可以把这里当成你们的家。"

基基诺感谢蜂王的盛情。这时，蜂王的侍从们已经准备好了一个房间，为蜂王和基基诺谈话用。基基诺示意他的副官跟着自己，进了房间。

蜂王微笑着说："我很高兴，这次会面，使我们两种膜翅目昆虫更加亲近和了解了。"

"是的，"基基诺说，"我们有着许多共同的习惯、共同的特性。像你们一样，我们蚂蚁也是在一个大家庭里共同生活的。这个大家庭同你们相仿，由雌蚁、雄蚁和工蚁组成。不过，关于这一点，我想告诉你，我，还有我的副官不是中性的，我们是雄性的。"

"真有意思，我还以为你们也跟我们一样，是雌的杀死雄的呢！"

基基诺认为是转换话题的时候了，他没回答蜂王的话，而是说："陛下，我刚才参观了你的王国，我想问问，你是否知道你的王国大得出奇？"

"当然知道。不过，你们蚂蚁也建造了伟大的城市，你们的城市也许没有我们的大吧？"

"呵，要小得多！"基基诺连忙说，"你有多少臣民？"

"三万左右。"

"三万只蜜蜂！……人口多得吓人！"

"那么，你的王国有多少呢？"

"嗯，陛下，"基基诺更不知怎么回答了，"我的臣民……噢，就在这儿！"他指的是他的副官。

基基诺说到铁钳，加重语气说："这位叫铁钳，膜翅目昆虫的伯爵，她是我的副官。"

铁钳马上起来鞠了一躬。

看到蜂王还不明白是怎么回事，基基诺觉得有必要把自己一生中最重要的一段历史说一下。他说："啊，我亲爱的陛下，我觉得在我们之间不必掩饰什么了。实话说，我是一个可怜的被放逐的皇帝。看到你受人侍奉，被人尊敬，受到臣民的崇拜，我甚至都有点嫉妒你。"

蜂王听了这话后显得有点不自然。它朝基基诺弯了弯腰，像是把基基诺当成知己一样地对他说："蜂王？……唉，我是，但又不是。"

"你是蜂王！我巴不得像你那样统治王国。"

"是吗？你愿意每天把大好光阴都花在产卵上吗？"

蜂王这么一说，尽管基基诺脸是黑的，但也红了。

蜂王说："你应该知道，当蜂王是件好事，但又不算好事。我是王国的母亲，我生下了这些臣民，是我给了它们生命，延续了后代。但是，你以为我在这儿当蜂王是件好事吗？完全不是这样！它们让我当蜂王是为了让我产卵，产许多许多的卵。我的任务是不断地生儿育女，哪一天，我产不了卵时，我也就没有臣民了。我一停止繁殖，也就不再是蜂王了。正如你看到的，我的桂冠很高，但从另一方面来讲，我又是非常渺小、非常可悲的。"

不知道基基诺听了这番话感想如何，不过，蜂王这番严肃的谈话，确实给了他深刻的印象。至少在讲话的那个时候，他懂得昆虫有着严密的分工和不同的义务，当蜂王也是一种分工。

蜂王沉默了一会儿，忧伤地说："要是我不能产卵，至少也应该让我活着吧……可是，有时却……算了，还是不说了吧！"

基基诺本想恳求它说下去，但怕这样做太冒失了，便克制住了自己，说："我希望能再找机会同你好好谈谈。"

"很愿意，我亲爱的。"

基基诺鞠着躬，吻了吻女王的脚掌，向它告别。这时，周围爆发出一阵欢呼声，"蜂王万岁！""小白旗皇帝万岁！"

基基诺兴奋地对他的副官说："这个联盟是非常可靠的，不知道我是不是会有好运气。"

"是的。"铁钳说，"而我呢，肚子都饿瘪了，现在就等着吃的了。"

三十七、萨拉马纳葡萄的秘密

在蜂巢里，在这座美丽、巨大的城市里，人民友好而热情，两只蚂蚁什么也不缺，无忧无虑地过着甜蜜而安静的生活。

"生活就像蜜一样甜。"贪吃蜜的铁钳说。

蜜蜂感激他们帮助了自己，它们给两位客人安排了舒适的房间，一日三餐按时给他们送来了饭菜，这些饭菜可以称得上皇宫里的珍馐美味。

有一次，道尔齐娜甚至给两只蚂蚁送来了王浆，这王浆比平时吃的蜜更加美味，贪吃的铁钳高兴得跳了起来。

她说："要是每天都能吃上王浆就好了。"

道尔齐娜说："那可不行，这种食物比我们吃的蜜浓度大，含糖分高，力量特别大，是专门供给将要成为蜂王的幼虫吃的。正因为这样，才把它叫王浆。"

"是吗？"基基诺感到很有趣，他问，"你说它有什么特殊的力量？"

"特殊的力量是指它非常有助于我们幼虫的发育，对于普通蜂房里的幼虫，我们只喂一般的食物，将来它们就会变成工蜂；对于特殊蜂房里的幼虫，我们喂这种特殊的食物，将来它们就会成为蜂王。这种特殊蜂房里的幼虫发育得特别快，所以蜂房要比普通的蜂房大。不过，它们发育快的主要原因，还是喂了这种特殊的食物。"

"为什么呢？"基基诺问。

"因为，如果我们把这种食物喂给将成为工蜂的幼虫吃，那工蜂幼虫也有可能变成蜂王的。"

听道尔齐娜这么一说，基基诺吓傻了。

"我的天哪，请你告诉我，我吃了这种王浆后，会不会变成一天要产两百只卵的蚂蚁？"

道尔齐娜只是笑，也不说话。

"道尔齐娜，你一定得告诉我……不知怎的，我觉得胃里……道尔齐娜，快告诉我吧！……你这样会害了我！"

道尔齐娜一看基基诺急了，就安慰他说："傻瓜，依你看，这种蜜蜂吃的食物在蚂蚁身上也会像在蜜蜂身上一样起作用吗？"

基基诺听了这话后才放下心来，他舒了口气，对道尔齐娜说："请你以后再别给我吃这种王浆了。"

但是，铁钳却遗憾地说："唉，这东西虽然好吃，可吃了后将会从早到晚地产卵。"

基基诺严厉地看了铁钳一眼，生气地说："不知道羞耻！你是个副官，说话可得注意点！我们走，我要教你一点新的军事知识，并要检查你的成绩。"

需要说明一下的是，自从到了蜂巢，看到蜜蜂对自己那么热情、那样信赖后，基基诺的野心又在活动了。一个更加离奇的想法，又在一个变成了蚂蚁的孩子的脑中形成了。这个想法是要在昆虫世界进行一场新的文明的改革。

道尔齐娜，作为实现这个伟大计划的重要成员，对基基诺许诺自己有一天将成为侯爵夫人和宫廷的总管而扬扬得意。它为了感谢基基诺，就根据基基诺的建议，用蜡和胶做成了一顶漂亮的皇冠和两副铠甲，一副铠甲由基基诺用，另一副给铁钳副官。

基基诺和他的副官穿上铠甲后，每天都进行军事操练。这种操练通常由基基诺喊口令，铁钳做动作。

在基基诺和他的副官周围，成千上万只蜜蜂正在为新一代而辛勤地劳动着。在有着工蜂把守的蜂巢门口，总是有成千成百只蜜蜂进进出出，它们都是去采蜜或采蜜归来的。采来的蜜除了喂幼虫外，还用来作储备，以应付坏天气。

基基诺经常注意这些蜜蜂，他估计，进出城门口的蜜蜂每分钟不下一百只，而每只蜂一天要进出四次，这样，一个有着三万只蜜蜂的王国，每天蜜蜂将进出十二万次。

这种奇迹般的活动方式使得蜂巢乍看上去很混乱，但是，要是仔细观察的话，就会发现这种活动方式是非常有规则的。其实，每一只蜜蜂都有明确的分工。外出归来的蜜蜂井井有条地分着蜜、蜡和胶；一些蜜蜂就清扫城市，并把死虫从蜂巢里拖出去；有的则专门负责驱赶接近蜂巢的讨厌的外来蜂。

蜜蜂们精心地照料着刚睁开眼的幼虫，这些幼虫的身体柔软，腿还没有长出来。在基基诺看来，它们同蚂蚁的幼虫一样好玩。

一天早上，基基诺看到负责给蜂房里的幼虫喂食的蜜蜂，用蜡把一些蜂房封了起来。

基基诺上前说："这样会把它们闷死的。"

"没关系，"一只蜜蜂回答，"这些幼虫已经发育好了，它们现在正在变成蛹。等它们穿破茧，就变成了成虫——蜜蜂。蜜蜂不费劲就能把封着的蜡顶破，走出自己的房间。"

基基诺兴致勃勃地看着蜜蜂用蜡封着蜂房，他看到蜂王幼虫住的蜂房被封成了拱形的，同其他蜂房不一样。他感叹地说："这些雌蜂的特权可真不少啊！"

这时，铁钳走来告诉基基诺，说午饭已经准备好了，于是基基诺和铁钳就回到另一间房里，吃起道尔齐娜让另外一只蜜蜂替他们准备的饭菜。

可是，基基诺刚尝了一口蜜，就沉思起来，说："咦，这味道怎么这么熟悉？我好像在什么地方尝过这东西。"

突然，他想起来了："啊，是萨拉马纳葡萄！这是我家的萨拉马纳葡萄的味道！"

他转身问蜜蜂："亲爱的朋友，这蜜你是从哪儿采来的？你得告诉我它在哪儿，要知道，它对我是多么重要啊！"

蜜蜂回答："我是在一棵葡萄树上采的，这棵葡萄树的枝叶攀在一家人家房子的墙上。"

"这是我家的萨拉马纳葡萄！你快告诉我，这地方远吗？"

"是啊，挺远的。"

"我亲爱的蜜蜂，我请求你一件事，你能把我驮到那儿去吗？"

"今天不行了，家里还有许多事要干。"

"那明天呢？"

"明天？……也许能行！"

"那么，我们说定了，明天早上你一定驮我去，行吗？"基基诺满怀着希望，高兴得像一只唱着歌的蟋蟀。

想见妈妈的念头使得基基诺把他的野心又暂时地抛到了一边。他希望时间眨眼工夫就过去，这样，他就能回到由于跑到帽子上而被托马索舅舅带着离开的家了。

确实如此，渴望见到妈妈的念头，把基基诺的许多坏念头都赶跑了。

三十八、城市起义了

遗憾的是，基基诺希望一眨眼就过去的那天却变成了最长的一天。那天，蜂巢里发生了许多严重的、决定性的、可怕的事。

当基基诺怀着感激的心情去见蜂王，告诉它明天就要同自己的副官离开这里的时候，他发现情况不妙。

"你走是对的！"蜂王以一种粗鲁的语气说，"你嫉妒我的地位，是吗？"

"是的，你是那么威风，那么受尊敬……"基基诺回答。

"威风！受尊敬！你愿意看到我的权力有多大，我的臣民是怎么尊敬我的吗？"蜂王又以一种滑稽的语调说。

这时，它转身对一群蜜蜂说："来！……快给我拿吃的！"

出乎基基诺的意料，蜜蜂们都摇着头，谁也没有动一下。

"你看见了吗？"蜂王大声说，"你看见它们是怎么违抗我的命令了吗？所以，现在发生的一切，你知道是为什么吗？这是因为蜂巢里将诞生一只雌蜂，一只蜂王，一只是我给了它生命的对手！"

"什么！那些被封在蜂房里的幼虫也想当蜂王？"基基诺越听越迷惑。

蜂王没有回答基基诺的话，它望了一下基基诺说的那些蜂房，突然疯狂地朝那儿扑去，并且喊道："啊，在那儿！这些新蜂王！"

但是，蜂房旁边已有一群保护着新蜂王的工蜂，它们把老蜂王挡了回去，并且叫喊着："不准再朝前走！"

基基诺被这群如此勇敢的蜜蜂吓了一跳。打从他跨进这座城市的大门后，他亲眼看到这座城市的臣民对它们的蜂王是怎样的热情和尊敬，他简直不敢相信，它们在一瞬间竟然变到要造反的地步。

一些让人感到奇怪的事情已经发生或正在发生，这已经是不容置疑的了。

这天，很少有蜜蜂飞出去。城里一片混乱。工蜂们这儿一堆、那儿一堆地聚集在一起，它们在热烈地讨论着什么。

基基诺走到一群正在热烈讨论的工蜂旁，听到一只工蜂在一片欢呼声中讲话："这座城市已经容不下这么多蜜蜂了，两天来又出生了五千只新蜂，如果我们不想挤死的话，就必须设法尽快解决这个问题。"

基基诺不懂这些话是什么意思，但是他知道工蜂们正在讨论着国家大事。他想问问道尔齐娜究竟发生了什么事，可是没能找到它。他向其他蜜蜂打听消息，谁也没有回答他。它们实在太激动了，只顾讨论，根本没有工夫去注意别的事情。

基基诺心事重重地回到了自己的房间，一看铁钳还在不慌不忙地吃着剩下的萨拉马纳葡萄蜜，就火了。

"外面出事了！你还在填你那永远填不饱的肚子。外面的蜜蜂都造反了！"基基诺怒气冲冲地说。

铁钳听到这话后一愣，但是她还是忍不住说："陛下，让我把这最后的一口吃掉吧，我马上就来。"

基基诺一听，更是火冒三丈，他卡着铁钳的脖子，说："要是这最后一口经过这儿的话，我就叫它堵在这儿！"

"怎么回事？"铁钳喘着气结结巴巴地说，"莫非这座城里所有的蜜蜂都变成疯子了？"

骚动在继续着，所有的蜜蜂都在叫喊，它们拍着翅膀，情绪激昂，好像马上就要掉脑袋似的。

突然，至高无上的老蜂王开口了，它说："同胞们，我来说几句话。我认为自己已经尽到做大家母亲的义务了，无数只刚出生的小蜜蜂就说明了这一点。这些蜜蜂是我刚生的儿女，是我给了它们生命……"

"说得对，蜂王万岁！"许多蜜蜂喊着。

老蜂王继续说:"谢谢大家。在这里,我的使命完成了,我生下的新一代,也就是你们老工蜂们哺育的新一代需要地方住,需要空间进行活动。需要在这里建立一个新的王国……新的蜂王就要诞生了!"

"新蜂王万岁!"另一群蜜蜂喊着。

老蜂王继续说:"万岁也罢!你们知道,任何一个蜜蜂王国都不可能同时存在两个蜂王、两个母亲的。因此,我提议,让年轻的蜂王留在这儿,继续延续我们强大而勤劳的民族……至于我,我还能产卵,还可以尽我的义务;许多蜜蜂也舍不得我……因此,我决定离开这里去创造一个新的王国……去继续生儿育女。我感谢大自然给了我作为两个王国母亲的力量!谁愿意的话,跟我走!"

老蜂王走出了蜂巢。

这时,蜜蜂中又是一阵无法形容的混乱,在一阵让人害怕的你推我挤后,一大群蜜蜂跟着蜂王走出了城市的大门,飞离了蜂巢。

在一阵嗡嗡声中,一只蜜蜂回头喊道:"再见了,小白旗皇帝!"

基基诺跑到门口,看到忠于老蜂王的道尔齐娜正同许多蜜蜂一道跟在老蜂王后面飞着。

蜂群飞远后,两只蚂蚁垂头丧气地回到了城里。他们看到骚乱还在继续着,感到有种说不出的痛心。

剩下的蜜蜂又乱糟糟地朝新蜂王的蜂房拥去，蜂房仍有不少工蜂们守卫着。

突然，蜂巢里响起了一阵喊叫声："注意……出来了。"

一只体长、翅膀短，一看就知道是只雌蜂的蜜蜂啄破了那间被蜡密封的门，从蜂房里走了出来。它朝四周望了望，立刻发现附近还有一些雌蜂的蜂房，便露出很不高兴的神色，猛地冲向附近的那些蜂房，准备用蜇刺刺穿蜡封的拱形大门，同时还不停地喊着："啊，这里还有好几只！"

可是，这只新蜂王照例被守卫蜂房的工蜂们挡了回来，工蜂们捉住了它的腿和翅膀，使它不能再向前冲。

雌蜂拼命挣扎着，但也无济于事，最后只好不动了。它把两只翅膀交叉地收回背上。虽然它还在不停地抖动翅膀，却没有再张开它。突然，它对蜜蜂们唱起了一首歌，这首歌甜甜蜜蜜，有着特别的力量。

　　　　我来到这世界上，
　　　　是多么的愉快！
　　　　大自然让我降临，
　　　　我给儿女们生命！
　　　　儿女们延续不断，
　　　　我为它们永生。

这时，只见所有的蜜蜂都沉浸在这甜蜜动人的歌声中，它们一个个地低着脑袋，一动也不动，充满着对蜂王的尊敬和热爱。

这只生来就是为了产卵的雌蜂，它的魅力是不可抗拒的，这是一种活着给别的蜜蜂生命的魅力。这种魅力使得所有的蜜蜂都俯首帖耳，这种魅力简直就是一种至高无上的权力。

唱着唱着，年轻的蜂王也醒悟了。

它显然是受到了启发，大声地说："我觉得，我已经真正地懂得了我肩负的使命是无比重要的，谁愿意帮助我完成这一使命，就跟我走！"

年轻的蜂王也离开了蜂巢，像刚才一大群蜜蜂跟着老蜂王一样。成千只蜜蜂也嗡嗡地跟着年轻的蜂王飞走了。蜂巢外响起了愉快而兴奋的欢呼声："蜂王万岁！"

基基诺看到第二批蜜蜂也飞走了，他也听到一个声音朝自己喊道："再见了，小白旗皇帝！"

这是采萨拉马纳葡萄蜜的那只蜜蜂在向他告别。

"我懂了。"基基诺忧虑地说，"看来，我再也见不到我家的影子了。"

三十九、角斗、婚礼和撤退

在当孩子时，基基诺常听说蜜蜂会成群地离开蜂巢，而只有在现在，只有在变成蚂蚁并生活在蜜蜂中后，他才完全懂得了蜜蜂为什么成群离开自己蜂巢。

随着新蜂的不断出生，甚至是成倍地增加，蜂巢就显得狭窄了。由于蜂巢的蜂数过多，卫生以及劳动秩序就都出现了问题。尤其当混乱达到高峰时，蜜蜂的生活以及王国的制度都受到了威胁。

怎么办呢？办法就是使蜂巢内蜂数减少。一部分蜜蜂要离开蜂巢，这是迫在眉睫的事。

为此，老蜂王，这个王国的创造者、蜜蜂的老母亲，高尚地表现出它对自己创立的王国以及它臣民的爱和感情，它首先走了，自愿地离开了它热爱的国土。为了拯救它的王国，它表现出高尚的牺牲精神，自愿流亡到别处，去创建一个新的王国。它的行动为后来出生的年轻母亲树立了崇高的榜样。

遵循着老蜂王的行动，以后不断诞生的年轻的母亲也自愿地离开了蜂巢去创建新的城市、新的王国。它们都是为了一个高尚而永恒的目的——确保后代和种族的繁荣昌盛。

基基诺联想到人类的历史：随着家乡人口的大量增加，土地显得不够了，人们的生活受到了威胁，一部分人被迫背井离乡。他们披荆斩棘，历经千辛万苦，去寻找和开拓新的土地，以便建立新的家园。基基诺从这些小昆虫的身上看到了人类伟大移民史的缩影。

想着想着，基基诺的思绪突然被一阵震耳的喊声打断了。他听到了这么两句话："是两只，你们听，它们在蜂房里多么热闹！一次同时出来两个蜂王，肯定要决斗了！"

基基诺抬起头来，他看到同时从两个蜂房里出来了两只雌蜂。它俩刚一出来，就斜着眼互相对视着，好像是仇敌相遇一样。

这一次蜜蜂们无法平息两只雌蜂的满腔仇恨了。由于走了几批蜜蜂，城市里的居民又重新达到了正常的数量。对两只蜂王来讲，各自带一批，数量就太少了，蜜蜂们跟一只蜂王还差不多。

蜜蜂在两只雌蜂的外面围了一个圈，等待着它们角斗的结果，谁胜利，谁将统治这个王国。

两只雌蜂立刻厮打起来，它们打斗的方式很奇特，相互间头对腹地攻击。为什么这样呢？这是因为，如果它们头对头打的话，很可能同时用蜇刺刺穿对方，又同时死去。

大概是怕这座城市万一没了母亲，两只雌蜂厮打了一下后，突然抑制住相互的仇恨，向后退却，并似乎想逃跑。

可是，围着它们的工蜂们却不答应。工蜂们高喊着，竭力地煽动两只雌蜂决斗。结果，一只雌蜂抓住了有利的时机，把对手打翻后，骑在它的身上，用足压住了对手的翅膀，一下子就用蜇刺结束了对方的生命。

工蜂们齐声欢呼着。

这时，基基诺发现失败者在痛苦地挣扎，胜利者正把蜇刺从可怜的失败者身上拔出来，并高傲地环视了一下四周。

所有的工蜂又继续欢呼着："蜂王万岁！"

两只蚂蚁看到了这场血腥的决斗，吓得要命。基基诺对这场决斗十分反感，他对副官说："这种决斗太野蛮了。我就不明白，为什么昆虫们必须采用这种办法来解决问题呢！"

基基诺的看法并没有什么大错。因为他在变成蚂蚁前还只是个孩子，他不可能知道，在人中间也会发生类似的事。比如说，两个人有时甚至因为踩了对方的脚尖或碰了胳膊而争吵不休。

在这座城市里，基基诺已经觉得再也待不下去了。老蜂王走了，道尔齐娜走了，那只采萨拉马纳葡萄花蜜的蜜蜂也走了，所有在黑色强盗入侵时在场的蜜蜂都走了，而只有在它们眼里，基基诺和铁钳才是救命恩人。

现在，这座城市都换上了新的后来出生的居民，在混乱的无政府状态结束后，不认识两只蚂蚁的蜜蜂自然要对他们产生一系列的疑问：你们是谁？来这里干什么？谁让你们来这儿居住的？

想到这个问题，两只蚂蚁顾虑重重。

"它们会不会把我们当成敌人，也用蜡和胶像封黑色强盗那样把我们也封起来？"

于是，基基诺立刻做了一个重要的决定。

"副官，我们准备撤退。"

"怎么，撤退？"

"要是不想让这些新居民用蜡和胶把我们封起来的话，就得赶紧走。它们会把我们俩变成两具木乃伊的。"

"太遗憾了，这里的日子真好过。唉，从今以后，谁还会给我们蜜吃！尤其是最后吃的那种萨拉马纳葡萄蜜，味道实在太好了！"副官说。

"我给你蜜吃！我给你萨拉马纳葡萄蜜吃！快，我们走！"基基诺以威胁的口气说。

铁钳只得无可奈何地跟基基诺走了。

在蜂巢的大门口，他们停了一会儿，深情地望了一眼这座巨大而美丽的城市，同它告别。在这座城市里，他们被当成了贵宾，他们生活得非常舒适和安宁。在此以前，他们和这座城市的居民有着深厚的友谊。

蜂巢里传来了欢呼声。基基诺看到无数的蜜蜂簇拥在新蜂王的周围载歌载舞。

看到新蜂王出来了，两只蚂蚁马上闪到了一边。

蜂王在蜂巢外面稍微飞了一下，回到了蜂巢门口；接着又飞了一下，这次比刚才飞得远些，但还是回到了蜂巢的门口。当它第三次飞起时，大声地说："现在我相信我认识路了！"

蜜蜂群里又爆发出一阵欢呼声："蜂王万岁！ 新娘万岁！"

实际上，这是蜂王在举行婚礼。

在一片芬芳的花丛上空，雄蜂们还嗡嗡地等着它。蜂王从雄蜂中选了一位新郎，同它在空中一起奏着生活中美好的乐曲。

基基诺向他的副官示意说："到我的左边来……齐步走！"

两只蚂蚁从那棵老橡树上爬下来。在这棵橡树上，基基诺发现了蜜蜂这种昆虫是如此的强大，如此地让人惊叹不已，如此地让人充满希望，又是如此地使人心惊胆战。

四十、在一等车厢里旅行

　　当两只蚂蚁爬到树根的时候，太阳已经升得老高了。在耀眼的阳光下，整个田野喜气洋洋并放出异彩。

　　基基诺又朝树上望了一下，向蜂巢作最后的告别。这时，他看到许多长着翅膀的金色的蜜蜂跟下雨似的纷纷从空中掉下来，同时，听到了一阵让人怜悯的呻吟声："哎哟，哎哟！救命啊，我快要死了。"

　　落在橡树脚下的蜜蜂肚子很大，脑袋上还长着大眼睛。

　　"我知道了，它们是些可怜的雄蜂。"基基诺说。

　　确实是些雄蜂。

　　正当两只蚂蚁快爬到地上的时候，婚礼已经结束了。工蜂们便用它们可怕的蜇刺刺穿了这些雄蜂的肚子，并把它们赶出蜂巢。工蜂们认为，这座城市只配那些能够劳动的居民居住。

　　基基诺愤怒地朝着蜂巢说："真残酷！"

　　不过还得承认，尽管这是一场悲剧，它的做法也很野蛮，但却是维持蜜蜂社会秩序的一种必要的办法。因为，在婚礼结束后，这些雄蜂就变成了不劳而获、攫取别人劳动果实的寄生虫了。工蜂们很聪明，它们是不会允许不劳而获的蜜蜂继续留在蜂巢里的。

两只蚂蚁看到这种情况，心里当然很不舒服。他们忧愁地、无望地走着，也不知道该上哪儿去。

基基诺想到他失去了最后一次回家的机会，想到他又要被迫过着流浪的生活，想到自己雄心勃勃的统治昆虫世界的计划再也实现不了时，心中很不是滋味。铁钳虽然没有什么野心，可是他想到一日三餐，一餐比一餐更美好的蜜一般的生活一去不复返了，想到从今以后又要过着忍饥挨饿的日子，心情更加不好。饥饿是他最痛恨，也是最无法对付的敌人。

他们不知不觉地来到了一棵大树边，基基诺又听到树上传来了一阵刺耳的嗡嗡声。他抬起头来，吃了一惊。

他看到离地面不太高的一根树杈上，吊着一大团蜜蜂。这些蜜蜂一个紧抓着另一个，抱成了一团，正在吵吵嚷嚷地说着什么。

基基诺仔细一听，原来这些蜜蜂很着急地说："必须找个地方筑巢……必须就近找……我们的蜂王飞不动了，它肚子里净是卵。快……你去找……不，还是我去找……"

基基诺在这团蜜蜂中认出了道尔齐娜，便大声地叫它。但铁钳却突然说："当心！这里有两只巨大动物的脚！"

原来，这是人的脚。不过，像蚂蚁这样的小昆虫是分辨不出哪个是人的脚，哪个是牛的蹄。不过他们却知道，无论哪种动物的脚都会无情地踩死自己的。

基基诺躲开了人脚，他看见一个戴着面罩的人正托着一只用麦秸和柳条编成的小筐，轻轻地朝大团蜜蜂走去。

基基诺大声喊："当心！道尔齐娜，有人要抓你们！"

可是，那人已经摇动树枝，把一大团蜜蜂都抖进了筐内。蜜蜂掉进筐内后，那人把筐盖盖好就准备走。这时，基基诺有主意了。他对铁钳说："快，跟着我！"

基基诺迅速地爬上了那人的脚，接着又继续往上爬，一直爬到袜子上时才停下。

"副官，你在哪儿？"基基诺低声地问。

"我在这儿。爬到上面去干什么？"铁钳问。

"目的有两个，亲爱的副官。第一，我们可以省点力气走路；第二，我们可以舒舒服服地到我们蜜蜂朋友新建的城市里去。"

"那么，蜜蜂上哪儿去呢？"

"我相信，它们是去人们为它们特意做成的蜂巢里。"

"小偷！真不知羞耻，长得如此巨大，却靠比他们小千万倍的昆虫来养活。"铁钳是从一个工蚁的角度来看问题的。

基基诺没有答话，他发觉自己站着的地方并不舒服，因为那人每走一步都要把自己震一下，必须使劲保持平衡才不至于掉下地。

"我们必须换一个地方。"基基诺说，"我们现在待的是三等车厢，上去看看，是否能找节一等车厢。"

铁钳跟在基基诺的后边。他们越过那人的裤子，爬上了衣服，最后来到了领子上。

"这里待着不错，只是这些油渍让人不舒服。油洒在这里是浪费，这人肯定不太讲卫生。"

正当基基诺和铁钳议论着的时候，他们忽然看见，在那长得像森林一样的红卷发附近，有一只灰色的小昆虫正在好奇地望着他们。

"喂！你们到这里来干什么？我是这里的主人，你们知道我是谁吗？"小昆虫尖声地说。

基基诺露出很瞧不起它的神情说："谁不认识你！"

"哎……不要这样嘛！"跳蚤说，"同你们一样，我也属于一类著名的昆虫。"

"去去去！"基基诺说。

"真的，你不信？我属于半翅目昆虫。在这一类昆虫中，有著名的歌唱家蝉，勇敢的航海家、能在水上行走的水黾，画家胭脂虫和像星星一样发光的萤火虫。"

"我要是它们，会感到这目昆虫里有你真丢脸。"

"那么，你们蚂蚁吸瘿虫汁就不丢脸了吗？瘿虫是我们的近亲，靠植物生活；而我们靠人生活，实质是一样的。"

基基诺说:"你可真行!"

"行也罢,不行也罢,反正就是这样。你到我统治的国土上来吧,我叫我所有的儿女都来欢迎你。"

"啊,你还生儿育女?"

"当然。"灰色的跳蚤骄傲地说,"每天我至少产一百只卵。"

"哼!我希望它们都被困住,就像我被拉丁文压得喘不过气来一样。"基基诺说。

说到这儿,为了不再见到这只可恶的昆虫,基基诺马上离开了领子,跑到了左边的袖缝里。

·"真有意思!人靠蜜蜂生活,这些跳蚤靠人生活。"铁钳说。

基基诺连忙纠正她说:"应该这样说,它们是靠脏人生活。"

四十一、三等车厢

　　基基诺同他的副官在那人的袖子里转了一会儿。

　　基基诺说："不知为什么，在这里面转，就像是周游英国一样。"

　　突然，"人车"在一片周围种着树的空旷地上停住了。

　　基基诺看见许多人工的蜂巢。他开始明白，自己来到一个富有的养蜂人的蜂场了。而这位养蜂人是他爸爸的好朋友，蜂场离自己的家大约两公里远。这个距离对一个孩子来说算不上什么，可是对一只蚂蚁来说是相当远的。

　　那人弯下腰，很快地把筐扣到一只锥形的筐上，这样，这只筐就跟其他蜂巢一样，变成了一个圆顶的蜂巢。

　　接着，那人在附近找来些破布，用火柴点着后，便举着冒烟的破布，在蜂巢旁不断地挥舞着。

　　"看见了吗？"基基诺对直打喷嚏的副官说，"这样做是驱赶那些停在外面的蜜蜂进蜂巢里去的。"他示意铁钳，并说，"我们走吧，现在是下去的时候了。"

　　两只蚂蚁又爬到上衣上，沿着上衣再向下爬。

　　这时，那人摘下了面罩。他在蜂巢周围转来转去，观察着蜜蜂。当他打开一个蜂巢盖时，突然大叫了一声："我的天，不好了，蜂王跑了！……"

在他大叫的一刹那，一团蜜蜂愤怒地扑向他，把他团团地围住，在他脸上乱叮。

那人号叫着，捂着脸没命地朝田野跑，但是蜜蜂仍凶猛地追着他不放。

跑了好长一段路后，蜜蜂终于放掉了他。只见那人筋疲力尽地停下，脱下上衣擦着满脸的鲜血，然后把衣服朝地上一扔，躺在一条沟边休息。

事情发生得如此之快，那倒霉人的反应又是那样突然和猛烈，这使得两只正在上衣上爬的蚂蚁可遭了殃。要不是他们幸运地掉进了上衣衣袋，肯定得重重地摔到地上。

不过，运气也是相对的，基基诺和铁钳虽然掉进了衣袋，却正好落在烟袋上。烟袋的烟味很冲，简直受不了，他们连忙转移，却又爬进了一个比烟袋的味更呛的烟斗里。

那人刚把衣服扔到地下，基基诺就急忙说："快，铁钳，我们得赶紧离开这儿，不然就要被熏死了。"

两只蚂蚁迅速地爬出了衣袋，离开了那个还在破口大骂蜜蜂的人。

铁钳问："怎么回事？"他被这一系列突如其来的事弄得莫名其妙。

基基诺告诉副官说："事情是这样的，这个蠢家伙在打开蜂巢盖时，不小心让蜂王跑了。可是哪知蜂王又偏偏叮在了他的衣服上，于是，所有的蜜蜂就紧紧地跟住了他。蜜蜂是不可能没有蜂王的，蜂王不离开那人的话，那团蜜蜂就会死死地叮住他不放。"

可怜的、被革职流放的蚂蚁皇帝，在前面匆匆地走着，他的副官在后面紧紧地跟着。他俩走路的样子，就像是要到一个什么地方去一样。可是说实话，他们根本毫无目的，他们之所以走得这么快，只不过想尽快摆脱目前的处境。

基基诺想去找那团失散了的蜜蜂，它们也许离得还不太远。可是，在衣袋里蒙了好一阵子后，即便他有天大的本事，也不知道蜜蜂现在在哪个方向了。

怎么办呢？两只蚂蚁一路上沉思着。基基诺想的是，宁可不当皇帝，也得找个过夜的地方，铁钳却想用膜翅目昆虫伯爵的封号去换点东西来充饥。

两只蚂蚁走了一段路后，副官突然又望着基基诺惊叫起来："陛下，你的皇冠呢？"

基基诺摸摸脑袋，发现头上戴的那顶皇冠不见了。

皇冠丢在那人的衣袋里了。这对于我们的英雄是个沉重的打击。

基基诺不走了，他感到前途渺茫。他踩着脚说："我亲爱的副官，就是再朝前走也是白搭。你知道吗？我们是盲目地奔向一个不知道的地方！与其这样，还不如在这儿等死呢！"

铁钳想安慰他，还没等她开口，只听基基诺在自言自语："啊，我的妈妈，我的好妈妈！"

基基诺一想起妈妈，运气就会来的。他抬起头来，真的看见有只昆虫朝自己飞来。

"树蜂！"基基诺喊着。

"啊，是你！"树蜂说。这只闪烁着钢一样蓝色光泽的昆虫正是咬开门锁、为基基诺打通回家道路的树蜂。

"是我，是我，亲爱的树蜂，你知道我见到你是多么高兴啊！"

树蜂停到两只蚂蚁的身边，说："看到你，我也高兴极了，我永远不会忘记你对我的帮助，永远不会忘记是你从那个要拍死我的女用人手里救出了我……你怎么到这儿来了？"

"唉，一连串倒霉的事，弄得我现在连个过夜的地方都没有。"

"真可怜！"树蜂想了一下，又说，"你等一等，也许我能给你找个住处。要是我的感觉没错的话，我会为你找到个好地方。你看见那棵橡树了吗？"

"看见了。"

"那好。我刚才在那边一棵树上听到树干里传出了细小的声音，好像是谁在里面啃树。你知道，对这一行我是有经验的。如果我没弄错的话，一定是有个什么昆虫到了最后的变态阶段了。你想去看看吗？"

"好的。"

他们朝橡树走去。这时，基基诺把铁钳介绍给树蜂后，对副官说："亲爱的副官，我的朋友树蜂什么都能咬穿，它甚至能咬穿铁……这是我亲眼看到的。"

铁钳很聪明，没等基基诺说完，就高高兴兴地说："我信……"

他们来到了橡树下。树蜂爬在前面带路，两只蚂蚁在后面跟着。走到一个地方后，树蜂对基基诺说："你听见了吗？"

基基诺听见树干里传出了细小的啃木头声。

树蜂说："我们得等一会儿，要不了多长时间，你们就会看到树干会被咬穿个洞的。我知道，里面的朋友工作进行得很顺利。"

实际上也是，没过一会儿，基基诺眼皮底下的树干里就冒出了一只小脑袋，小脑袋东张张，西望望，显得特别灵活，脸上充满惊奇和喜悦的表情。小昆虫还喃喃自语道："终于呼吸到清新的空气啦！"

说着，它从洞里伸出两条小腿，紧紧地抓住洞边朝外一跃，一只长着翅膀的小昆虫就出现在基基诺的面前。

基基诺说："蜜蜂！"他马上觉得有一大堆问题想问它。

可是，没等他开口，这只小昆虫在阳光下舒展了一下闪着美丽光泽的翅膀，伸了伸腿，抖了抖脑袋，蓦地飞了起来。一边飞，一边说："生活该有多么美好啊！"

树蜂看到他的朋友基基诺没能搭上话，知道他很不高兴，就走近基基诺，对他说："它说得有理，你想，对于一个长期关在黑暗中的幼虫来说，唯一的希望就是快变成成虫，好从黑暗中出来到空中飞翔。经过辛勤的劳动后，现在这个时刻终于到来了，它终于可以飞翔了，这时怎么会不激动呢？所以，在这个重要的时刻，好奇心使得它连话都不愿多说了，这是完全可以理解的。我对这一点有着深刻的体会。"

"是的，我知道。"基基诺说。

刚才，基基诺看到铁钳对自己的朋友树蜂的惊人本事有点无动于衷，心里不太高兴。当树蜂讲了这番话后，基基诺觉得有必要强调一下他朋友的本领，就转身对铁钳说："懂吗？这位朋友为了从关着它的隧道里出来，甚至把铁都咬穿了。"

铁钳显得很不耐烦，回答："知道了，你以为我刚才没听见吗？不过，话也得说回来，惊人的本事常常是由所处的环境决定的。"

"你说什么？"

"我是说，要是我处于它那种环境的话，不要说把铁咬穿……而且还会把铁吃掉呢！"

基基诺严厉地看了她一眼，正准备训她几句，突然看见小洞里又钻出来一只跟刚才一样的昆虫。

小昆虫喃喃地说："亲爱的阳光，终于见到你啦！"

跟第一只飞走的小昆虫一样，没等基基诺问话，它又伸伸翅膀飞走了。

基基诺等不及了，他生气地说："现在可以进洞了吧？"

他走近洞口，却犹豫着没进去，因为他听见里面还有谁在猛烈地啃着木头。

果然，一会儿，一只小脑袋又从洞里伸出来，说着："终于……"

"我终于也该知道是怎么回事了！"基基诺打断了小昆虫的话，抓住它说，"你得告诉我，你是谁？从哪里来，到哪儿去？你在里面干了些什么？还准备干什么？我警告你，要是你不回答我的问题，那就哪儿也去不成了！什么也别想干了！……除非你不用脑袋也能飞！"

四十二、铁钳差一点饿死

　　一听基基诺威胁说要咬下自己的脑袋，可怜的蜜蜂吓得连话都不敢说了。这时，基基诺也后悔刚才说话太鲁莽，马上说："走吧，我刚才是跟你开玩笑，说着玩的，你放心，我是不会伤害你的。"

　　"谢谢，"蜜蜂感激地说，"在一个刚要开始新生活的地方死去是一件可怕的事。"

　　"不要害怕，我是蜜蜂最要好的朋友……你是蜜蜂，是吧？"

　　"是的，我是木蜂。"

　　"木蜂？噢，你看！看到你，我还以为是一只地花蜂呢。"

　　基基诺以为说这话能活跃一下气氛，不料他的朋友树蜂却十分认真地说："你说什么！地花蜂是在地上筑巢的。"

　　"真的有地花蜂？"

　　"当然，还有泥水匠蜂、切叶蜂、舌花蜂呢！"

　　这时，木蜂有点等不及了。基基诺看到后连忙对它说："你快走吧，我们在这儿聊天，不要耽搁你的时间。告诉我，这是你的家吧？"

"到目前为止是我的家，但从今以后，我又有了一个更美丽、更大、更光明的家了！"

"那么，这个家就空了，我们住进去，不用付房租吧？"基基诺说。

"不用。不过我有两个姐妹在里面还没出来，它们正在努力打开门，你听！"

真的，洞里还有猛烈地啃木头的声音。

"这个家是我们的妈妈挖的。我以后也要为我的儿女准备这样一个家的。我可以告诉你这家是怎么挖的：先在树干上挖一条隧道，然后再在隧道里放上食物，这些食物是用花粉和蜜做成的。"

"我想看看你们是怎么做这些食物的。"铁钳兴奋地说。

"到时间我就会做的。我们从花和果树上采集花粉和蜜做成饼子，然后再在饼子上面产卵，产完卵后把饼子放到隧道里。隧道用木屑和唾液隔成许多小房间，每个房间里都有这么一块饼子。"

"然后呢？"基基诺问。

"以后卵孵化成幼虫，就吃我们给它们准备的食物。"

"它们真幸福！"铁钳说。

"等幼虫长到跟小房间差不多大时，就变成了蛹。到了春天，这些蛹开始变成成虫，变得跟我现在一样……"

"后来呢？"

正在这时，只听见洞里有声音说："喂，妹妹，你还待在这里干什么？你是想让我们在这黑暗的洞里再待上一阵子吗？"

木蜂停止了说话，很快地爬出了洞。接着，洞口又露出来一个小脑袋，等这只木蜂出洞后，又有另一只小脑袋从里面伸了出来。

三只木蜂出来后，它们满怀喜悦地对天空说"尊敬的太阳万岁！"，就展翅飞走了。

"现在这个家是我们的了！"基基诺说。

他们走进了隧道，基基诺走在前头，铁钳跟在后头。树蜂在洞口对他们说："我身子大，进不去，我在外面等着你们。"

木蜂的隧道离小白旗皇帝一世的宫殿的标准当然差得很远，不过，它却是一个舒舒服服的家。这家共有五个房间，很宽敞也很干净。

这些房间由木屑做的墙隔开，墙上都有木蜂出去时啃的洞，所以，这些房间彼此是相通的。

基基诺兴奋地说："这些昆虫真能干，一句话，它们就跟我们蚂蚁一样。不过，亲爱的副官，你不要忘记，我们蚂蚁中也有能干的木蚁，他们也能在树干中建造出高级的住宅来。"

铁钳也不吭声，他东张张，西望望，希望在最后那个房间里能找到什么。只见他失望地嘟哝道："都没了！"

基基诺问："你在找什么呀？"

"没找什么，我是看看能不能侥幸找到一点那种蜜和花粉做的饼。唉，空欢喜了一场，这些该诅咒的木蜂把东西都吃光了。它们也不想一想，这个家有朝一日将住进一位对未来充满希望的皇帝……和一个现在饿坏了的伯爵！"

他看到基基诺又准备要训自己，索性跑到房间的一个角上缩成了一团，摆出甘心受罚的样子，说："你知道，你再惩罚我也没用。当我肚子饿的时候，什么道理对我都是讲不通的。我现在饿得要命，我知道我这样不尊敬你是不对的……随你的便吧，我现在也不愿动了，我要安静地待在这儿等死！不过，即便死，我最后还是要高呼一声'小白旗皇帝一世万岁'的！"

听到最后这句话，基基诺的火也消了，他被副官对自己的一片情意和忠心深深地感动了。他想到自己的助手为自己牺牲了一切时，就原谅了他。再说，他自己也感到肚子饿了。

基基诺独自爬出了隧道，对等在外面的树蜂说："亲爱的朋友，家非常好，我真不知道怎么感谢你对我的帮助。"

树蜂说："瞧你说的，是我应该永远报答你……如果你们有什么要求的话，就对我说，不要客气……"

基基诺说："我现在对你已经很感激了……我只希望我

们能经常见面，希望将来能为你做些什么。"

他们彼此握着腿告别了。树蜂飞走后，基基诺下了橡树。

我们的英雄独自在树下转着，希望能找到什么吃的。在这个世界上，只要动手的话，是能够找到东西吃的。基基诺找着找着，在不远的地方发现了一个被压碎了的梅子。梅子的汁水在太阳光下闪烁着，引起了基基诺的食欲。

公正地说，基基诺做得不错。尽管他找到了食物，心里想的却是铁钳。他弄下一块梅子肉，自己一口都没尝，把它装进了一个空橡树子壳里，顺着原路，背回了家中。他把梅子肉背到最后一个房间里，才看到铁钳蜷缩在角落里，连打呵欠的力气都没有了。

基基诺把天赐的梅子肉放在铁钳跟前，说："起来，有吃的了，伯爵。"

听到有好吃的东西，铁钳跳了起来。他扑向梅子肉，狼吞虎咽地吃起来，连声谢谢都没说。

基基诺又走出了洞，爬下了树，回到了刚才的地方，也津津有味地吃起了梅子肉，他对自己说："我也该享受一下了！"

饱餐了一顿后，基基诺又用一个橡树子壳装上梅子肉，准备朝家里搬，这时铁钳来了。

副官说："等一下，让我再吃一口，然后咱们一起背。"

吃够了梅子肉后，铁钳说："现在……你就是说让我去天边，我也没有二话了！"

铁钳也用空橡树子壳装上了梅子肉，同基基诺一起往家里搬。

通过这件事，基基诺懂得了一个道理：世界上吃的东西，必须去找，必须付出劳动才能得到；不去找，不劳动，食物是不会自动送到嘴边的。

到傍晚时，基基诺新家的最里面一间房里已经堆满了梅子肉。掉在地上的那颗梅子，只剩下了一个核。

四十三、昆虫中也有几何

　　在经历了无数艰难和险阻后，基基诺终于享受到了一点安宁。他把昔日的美梦搁在了一边，在新居里过着相当美满的生活。

　　他和铁钳在附近的玫瑰花茎上找到了六只瘿虫，这些瘿虫同意和两只蚂蚁居住在一起，允许基基诺和铁钳挤她们的"奶"喝。而两只蚂蚁就负责替她们准备必要的食物——绿色的灌木枝叶。

　　基基诺说："有了这六条'奶牛'，我们就再也不会饿肚子了。"

　　另外，他们在散步时，也认识了一些常到这儿来采蜜的蜂。这些蜂过去树蜂曾对基基诺说起过。树蜂也经常来找基基诺，它很愿意同它的蚂蚁朋友们在一起。

　　基基诺同地花蜂、羊毛蜂、切叶蜂相处得也很好。地花蜂是在土里挖隧道的能工巧匠；羊毛蜂能从植物里抽出纤维来筑巢；切叶蜂能在树干上筑巢，能把玫瑰花、野罂粟花和白桦树的叶子贴在巢壁上，它们不用剪刀就能把叶子剪得大小适合装饰隧道。

由于基基诺同它们建立了友谊，所以这些朋友把他的家也布置得像一座豪华的宫殿。切叶蜂把玫瑰花的叶子贴在他家的墙壁上，这些叶子干后，看上去就像俄国皮子贴在墙上一样。地花蜂用最芬芳的花瓣在他家铺上地毯。羊毛蜂为基基诺制作了羊毛褥子，使得基基诺能舒服地躺在上面做美梦。

仅这些还不够，为了提防不速之客闯进家门，最急需的是在洞口安上一扇门。

在副官的帮助下，基基诺花了很大的气力，把一颗很硬的西瓜子搬进了树洞，并灵巧地把它嵌在洞口。

这扇西瓜子门是活动的。门开的时候，西瓜子一半露在外面，一半在洞内。如果想关的话，只要推半边的西瓜子就行了。

基基诺的朋友们都很欣赏这扇门的设计，兴奋地对基基诺说："你真是天才！"

基基诺自然非常乐意接受朋友们的恭维和赞扬。朋友们的这些好话，又使他想起了他统治昆虫世界的计划。他经常向他的朋友树蜂讲自己在蚁穴的经历，久而久之，基基诺也就把自己建立昆虫世界新秩序的想法说了出来。

树蜂也是一个体格魁梧、没有头脑的昆虫，它被比律师口才还好的基基诺说动了心，兴奋地说："有你这样的脑袋瓜儿，计划准能实现！"

基基诺感激地对它说："从现在起，我封你为公爵。"

基基诺皇帝、树蜂公爵、铁钳伯爵整天都在异想天开，他们聚在一起热烈地讨论着，每次讨论也总是以大家一致拥护基基诺勇敢的倡议而告终。

"我应该把另外一个想法对他说吗？"

基基诺好几次都想问问他的朋友自己家周围的情况。他想，树蜂肯定会知道的，他出生在那儿，现在翅膀又那么硬，随时都可以去那儿看看。但是，他每次话到嘴边都没开口，因为他感到回到自己当孩子时的家的时候还未到来，他还得忍上一阵子。

一个美丽的早晨，在太阳光下，基基诺坐在凸在洞外的那半边西瓜子上正想着这件事，突然看到眼前有一根银丝在晃。这根银丝是从橡树的高处垂下来的。下端吊着一条细细的但样子高雅的毛毛虫。毛毛虫一边从嘴里吐着丝，一边慢慢地朝下降，银丝变得越来越长。

基基诺觉得这条毛毛虫的动作很好玩，当这根银丝离自己不远时，伸手想去抓住它把它掐断，为的是看看毛毛虫摔到地上时的狼狈相。

他移动身子打算去掐银丝时，突然想起了自己孩提时的一件事，不由得激动起来，打消了这个坏念头。

他想起过去有一天，自己曾吓唬过一位正在锅台前专心纺纱的老太太。他悄悄地走到这位老太太的背后，突然用剪刀把她的线剪断，结果线团掉到了地上，把老太太吓了一大跳。

在跟老太太捣了这场乱以后，基基诺跑到妈妈跟前，兴高采烈地把刚才的事告诉了妈妈，他得意地讲起自己在剪线时的动作是怎样敏捷。

没想到妈妈一句话也没说，扒开他露出衬衫角的开裆裤，把他狠狠地揍了一顿。当他停止哭泣后（基基诺一哭就要哭一小时），妈妈把他抱在膝盖上让他坐好，用充满爱的眼光望着他，抚摸着他，语重心长地给他讲了许多道理。这些道理深深地打动了基基诺，于是他又哭了起来。但这次不是像刚才被打后发怒委屈的哭，而是觉得做错了事，充满悔恨伤心的哭泣。

妈妈对他说："人家没惹你，你去跟人家找麻烦，这是很不对的。为了自己一时痛快去破坏别人的劳动成果更是一种罪过。现在你知道自己干了坏事，这就对了。以后千万别再恶作剧了。你要记住：任何劳动都是神圣的……"

基基诺想起妈妈的教导很惭愧，又重新坐回了西瓜子上，继续望着朝下降的毛毛虫。现在他对毛毛虫产生了好感，而毛毛虫并不知道自己给基基诺带来了甜蜜而亲切的回忆。

过了一会儿，小毛毛虫停下来，她望了望连着银丝的橡树叶子，又回头朝上爬去。

基基诺看到毛毛虫向上爬的动作也特别灵巧。

当毛毛虫再次经过基基诺面前时，他忍不住问："我能知道你在干什么吗？"

"唉，我在躲避跑到树叶子上来威胁我的敌人。"

"你是谁？"

"我是测量员。"毛毛虫继续向上爬。

"一个测量员！"基基诺说，"为了逃避学校里的烦恼，我变成了一只蚂蚁，可是却又在昆虫中遇到了几何问题！"

四十四、铁钳确信基基诺成了疯子

　　基基诺坐在家门口晒着太阳，他多次看到毛毛虫上上下下。每次看到毛毛虫，他心里总是很高兴，总是想起妈妈的话。想起妈妈，对基基诺来说是个好征兆。因为每当他想起妈妈，准能遇上好事。

　　尽管基基诺雄心勃勃的计划没能实现，但他并不埋怨自己的蚂蚁生活。由于铁钳的精心照料，每天供给瘿虫鲜嫩的枝叶吃，那养在最后一个房间里的"奶牛"心甘情愿地为主人们提供着"奶"。由于食物有了保证，基基诺也有时间考虑未来要做的事了。

　　树蜂每天都来找他，别的蜂也经常来找他。基基诺同它们聊着天，不断在影响着它们。

　　由于基基诺不像过去那样，天天梦想着要成为昆虫王国的皇帝，生活过得相当安定。

　　一天，树蜂给他带来了个消息，说有个人老是在周围转来转去，似乎对昆虫王国很感兴趣。因为他只要一看到昆虫，就会呆呆地看上半天。

　　基基诺当然很想看看他究竟是个什么人，但这机会很难得。

一天早上，基基诺从门里伸出脑袋，看见树下有个矮胖子。这人胳膊下夹着一个标本夹，手里拿着一根捉蝴蝶用的带网的长竿子。

基基诺一看就知道，这是一位自然科学家，准确地说是位昆虫学家。基基诺在学校里学到的知识虽少，但他还是想起来了，昆虫学是研究昆虫的一门自然科学。

这时，一根银丝从树的高处往下降着，这是毛毛虫下来了。

基基诺看到毛毛虫落到了地上，在太阳光下懒洋洋地躺着。昆虫学家也看到了毛毛虫，他戴上眼镜，俯着身子，仔细地观察着毛毛虫，后来干脆坐到树根下，打开了标本夹。

我们的英雄坐在西瓜子的门上，位置正好在标本夹的上方，他可以一清二楚地看到昆虫学家在夹子上画些什么。

矮胖子盘起腿，看着地上的毛毛虫。他又从衣服兜里掏出了铅笔，看来正准备画下毛毛虫的形态。

躺在那人脚前的毛毛虫，似乎已经懂得了矮胖子的意图，她抬起脑袋，翻了个身，像条小蛇似的弯成了 S 状。基基诺看到昆虫学家迅速把这一形状画下来。

一会儿，毛毛虫又缩起了身子，变成了 T 的形状。基基诺看到昆虫学家又把这个形状画了下来。

毛毛虫还在变着形状，这次变成了 U 形，昆虫学家继续画着。

接着，毛毛虫低下脑袋，变成了个P字，伸直身子变成了个I字，蜷起身子变成了个D字，最后变成了个O字。昆虫学家都如实地把毛毛虫的各种形态画了下来。

基基诺在树上发出了一阵大笑，笑声把铁钳从洞里引了出来。

基基诺大笑是有原因的，因为他看到昆虫学家夹子上面画的七种不同的图形，正好组成了一个单词"笨蛋"（STUPID-O）。

"真有意思！"基基诺想，"虽然嘲笑别人是不礼貌的，不过，身为昆虫，生活在昆虫世界以后，我才发现那些研究昆虫的人，离真正理解我们差得太远了。他们仅满足于知道我们生活中的表面现象，却不了解我们昆虫的痛苦，不了解我们昆虫的内心世界……我想，这条毛毛虫应该是条有灵魂的……"

这时，昆虫学家合上夹子，满意地走了。临走前还夸奖说："不错，小毛毛虫！"

听到这句话，基基诺突然产生了一个疑问："这条毛毛虫为什么要以不同的体形，拼成这个单词呢？"

一个想法在基基诺脑中逐渐形成："这条毛毛虫是懂得这个单词的含义的！她不仅会读、会写，而且一定是条同我一样的昆虫！"

由于这种想法新奇并有刺激性，以至基基诺忘了自己是坐在西瓜子上的。他失去了平衡，一个倒栽葱摔到了毛毛虫的身边，铁钳都没来得及拉住他。

　　幸好基基诺是蜷着身子摔下去的，所以还没摔坏，但这一下也够他受的。

　　毛毛虫见他摔到了自己身边，先是一惊，后来又突然喊了一声："基基诺！"

　　"怎么回事？你怎么知道我的名字？"基基诺吓了一跳。

　　"当然，我看到了你后面有一块衬衫角！"毛毛虫说。

　　"那么，你是谁？快告诉我！"

　　"我呀？我是……我是焦基娅！"

　　"焦基娅！我的焦基娅！"基基诺激动地喊着并晕了过去。

　　当基基诺苏醒过来时，发现身边除了焦基娅外，铁钳也在。铁钳看到基基诺从树上摔下来后，急忙下了树。铁钳问："现在你的感觉怎么样，摔着了吗？"

　　基基诺激动地指着毛毛虫说："她是我的姐姐！"

　　"什么？"铁钳惊呆了，"你……"

　　"我是她弟弟。"

　　听了这句话后，铁钳更加迷惑不解。他突然朝橡树上跑去，一边跑一边叫："一条毛毛虫是一只蚂蚁的姐姐，一只蚂蚁又是一条毛毛虫的弟弟！哎呀，不得了了，小白旗皇帝这次真的疯了！"

这时，基基诺紧紧地拥抱着焦基娅。

我亲爱的小读者们，你们也有姐妹，也有兄弟，你们可以想象一下，在相隔很长时间以后，他们见面时会是多么亲热，又会有多少话要说啊！

焦基娅让基基诺把分别后的情况告诉她。当她听完了基基诺的讲述后，也把自己的经历告诉了基基诺。

"你，亲爱的基基诺，你想变成一只整天游游逛逛，不干事的蚂蚁，结果却变成了一只工蚁；我呢，为了逃避算术，想变成一只蝴蝶，结果却变成了一条毛毛虫。我虽然逃过了算术，却又遇上了几何！太可怕了，这都是我们自己的过错，是自作自受！"

讲到这里，焦基娅停了一下，她又继续说："你应该知道……"

但是，基基诺已经知道她想说什么了。我亲爱的孩子们，下次我再给你们讲小白旗皇帝是怎么在焦基娅的帮助下，漫游广大而有趣的鳞翅目昆虫世界的。